예비 언론인을 위한 미디어 글쓰기

저자와의
협의하에
인지생략

예비 언론인을 위한 미디어 글쓰기
초판 1쇄 / 2007년 3월 5일

● 지은이 / 박   상   건 씨
● 펴낸이 / 이   춘   호
● 펴낸곳 / **당그래출판사**

● 편집주간 / 박상기 ● 편집장 / 이지현 ● 마케팅팀장 / 장기봉

● 등록 / 제301-2005-219호 등록일 / 1989년 7월 7일
● 100-250 서울 중구 예장동 1-72번지 1층
● 전화 (02) 2272-6603 팩스 (02) 2272-6604
● 홈페이지 / dangre.co.kr

당그래는 논이나 밭의 흙을 고르거나 씨 뿌린 뒤 흙을 덮을 때, 곡식을 모으거나 펼 때 사용하는 우리 농기구 이름입니다.
당그래출판사는 각지 사방에 흩어져 있는, 우리 삶에 양식이 될 원고를 모아 정성들여 펴내는 일을 하는 곳입니다.

예비 언론인을 위한 미디어 글쓰기

박상건 외

당그래

이 책의 집필 의도와 내용은 무엇인가

미디어와 글쓰기에 대한 환상과 고정관념

　대학에서 강의하면서 매년 느끼는 공통점이 있다. 미디어를 공부하는 학생들, 언론사로 진출하려는 학생들이 정작 글쓰기의 중요성에 대해서는 관심이 무디다는 점이다. 또 글쓰기는 어려운 것이고 선천적 재주를 가진 사람의 전유물인 양 착각하고 있더라는 것이다. 기자와 방송작가의 세계, 언론 환경에 적응할 수 있는 정신적 육체적 조건 등에 대해서는 등한시하고 애오라지 스타 언론인에 대한 막연한 환상에 사로잡혀 있는 경우가 많다는 것이다.

　특히 영상세대들인 탓에 아나운서와 MC 등에 대해 엔터테인먼트 요소에 이끌려 막연히 인기스타의 길로 맹신하고 있는 경향이 많다. 정작 그 직종이 필요로 하는 소양과 테크닉, 미디어에서 차지하는 역할과 비중, 미디어 환경에서 생존하기 위해 부딪치는 여러 어려움이나 문제점 등에 대해서는 아는 바가 극히 드물다. 이런 현장을 목격하면서 현장 경험을 가진 언론인을 초청해 실무 특강을 하곤 했는데 그

때마다 학생들은 작은 충격을 받았다. 그리고 스스로 도진 고정관념을 털어내기 시작했다.

기자를 꿈꾸는 경우도 마찬가지이다. 우선 기자는 선망의 대상이다. 거기에 신문과 잡지기자 보다는 얼굴을 자주 내미는 방송기자를 선호한다. 다만 선호할 뿐이다. 라디오 리포트와 TV 리포트의 작성법과 장단점, 신문과 잡지기사의 작성법이 무엇이 다른지 고민한 흔적은 없어 보인다. 다시 말해 자기 적성과 직종의 상관관계를 무시하고 지극히 스타 연예인에 대한 이미지에 빠져 스스로 착각 속에서 예비 언론인의 길을 걸어가기 시작한 것이다.

실제 언론고시를 본격적으로 준비하면서 실무의 중요성을 느끼고 고액의 수강료를 지불하며 방송(영상)아카데미를 다니거나 시민단체가 주관하는 미디어 학교에 다니는 경우도 많았다. 그곳이 언론인으로 가는 지름길이라는 보증수표로 받아들이는 경우가 많다. 그러나 근본적으로 풀어야 할 숙제는 미디어에 대한 올바른 이해가 전제돼야 한다. 이를 바탕으로 끊임없이 미디어 읽기, 현장 취재와 글쓰기의 훈련을 반복해야 한다.

이런 사실을 실감하게 될 때가 바로 좌절의 쓴맛을 본 이후이다. 기대가 크면 실망도 크다. 그래서 급한 김에 엇비슷한 삼류기자와 작가, 리포터의 길을 걷거나 듣기 좋은 AD, PD의 직함에 현혹돼 임시직으로 떠돌다가 아예 다른 직종으로 발길을 돌리곤 한다. 어떤 이는 대학원을 피신처로 삼기도 한다. 다시 말해 언론인의 길을 걷고자하는 대학생과 졸업생은 첫 단추를 잘 꿰어야 한다는 점이다. 체계적으로 준비할 필요가 있다. 자신의 성격과 적성을 먼저 헤아리고 그에 맞는 미디어 환경을 올바르게 이해하는 일이 급선무이다.

글쓰기 비중이 높아지고 있다

한때는 영어 점수가 신입사원의 당락을 결정했다. 그러나 이미 토익 제일주의 시대는 갔다. 그리고 홀로 뛰는 것보다 함께 뛰는 후배 언론인을 선호한다. 신입사원 합격여부를 경영진이 독단으로 결정하던 시대도 갔다. 일선기자들이 합숙 면접하는 방식이 정착되고 있다. 합숙과 실전 훈련에서 역시 글쓰기는 빠지지 않는다. 글쓰기는 1차뿐 아니라 최종합격 전까지 계속된다. 물론 합격 후 인턴시절에도 계속된다. 글쓰기에는 스트레이트, 인터뷰, 탐사보도 등 소재와 대상에 따라 다양한 방식이 있다. 모든 저널리즘이 객관주의에 목을 매지는 않는다. 미디어는 이성과 합리주의를 근간으로 한다는 이론서를 맹신해서는 안 된다. 그것은 호랑이가 담배 피던 시절의 이야기일 뿐이다.

다시 말해 최근의 미디어 글쓰기는 권위적이고 딱딱한 것을 지양한다. 매체와 기자에 따라 영상 지향적이고 쉽게 이해하고 감동을 줄 수 있는 독특한 문체들이 선보이고 있다. 이런 흐름은 언론사마다 스타 언론인을 키우며 이미지 마케팅으로 활용하는 것과 궤를 같이 한다.

글쓰기는 기자 등 개인의 보도방식이면서 미디어 마케팅의 한 축으로 활용되고 있다는 사실이다. 이를 달리 표현하면 글쓰기는 보도 기능과 함께 소속된 매체의 경쟁력의 무기가 되고 있다는 것이다. 특히 잡지와 인터넷 글쓰기에서는 UCC(이용자제작콘텐츠) 열풍에서 볼 수 있듯이 보다 자유롭고 무한한 글쓰기가 가능하다는 장점이 있다.

글쓰기를 방해하는 고정관념들

많은 대학생들은 글쓰기에 대한 고정관념을 갖고 있다. 그 이유 중의 하나가 대학진학 공부를 하면서 일선 교사들로부터 받은 단편적이고 편향된 미디어교육 탓이다. 수업 시간에 귀가 닳도록 들은 것 중 하나가 일기는 날마다 그날그날 겪은 일이나 생각이나 느낌 따위를 적는 개인의 기록이다. 전기는 한 사람의 일생 동안의 행적을 적은 기록이다. 그리고 "보도문은 육하원칙에 따라서 사건이나 상황을 정확하게 기록한 것."이라고 배워 온 것이다.

사전적으로 맞는 말이다. 현장 경험이 없던 일부 교사들의 미디어교육 폐해는 현장과 동떨어진 미디어의 고정관념을 굳게 만들었다. 도식적 개념의 암기를 요구했던 입시교육의 산물이기도하다. 이러한 제도교육은 생각을 편향되게 만든다. 글쓰기의 본질은 많은 생각과 선지자의 경험을 몸에 익혀 창의적 생각을 가능하게 하여 이를 글로 배설하는 작업이다. 따라서 글쓰기 소재만큼 생각도 다양하고 표현 방식도 다양할 수밖에 없다. 미디어 글쓰기는 육하원칙에 따라 쓴 글이라는 편견에 사로잡힌 대학생들이 참신한 소재를 찾을 리 만무하다. 도처에 널린 사회문제를 캐내 창의적인 발상으로 글을 써서 독자를 감동시키는 일이란 처음부터 어려울 수밖에 없는 것이다.

세상에서 가장 큰 감동은 가장 인간적인 것이다. 요즈음 신문은 두툼하지만 읽을 것이 없다고 말하는 사람이 많다. 그 말의 언저리엔 휴머니즘의 스토리가 부족하다는 것을 말한다. 인본주의로 불리기도 했던 휴머니즘(humanism)은 600년 전 권위주의에 질식되어 가던 인간성을 회복하자는 문예부흥운동이었다. 학자들은 1세기 건너 새로운 휴머니즘 연구결과를 내놓았다. '있는 그대로의 인간', '보다 인간답게 만드는 일', '인간 이상도 이하도 아닌 인간', '뉴 휴머니즘(Neu-humanismus)'. 결국 세월이 흘러도 학자들은 '인간다움'이라는 범주를 벗어나지 못했다. 역설적으로 '인간다움'이야말로 영원불변의 진리였던 것이다.

이 말을 뒤집어 말하면 독자와 시청자가 외면하는 삭막한 기사보다는 감동과 신뢰를 주는 휴머니즘의 글쓰기가 중요하다는 것이다. 따라서 기사에는 육하원칙이 꼭 필요한 부분이 있고 모든 기사가 그런 것은 아니라는 것이다. 그만큼 미디어의 글쓰기는 다양하다. 누구나 개성을 살리고 싶다면 그만한 공간이 주어지는 게 미디어의 영역이다. 특히 감성이 풍부한 기자에게 맞는 미디어 장르가 있고, 호흡이 긴 기사를 선호하는 기자에게 맞는 잡지와 인터넷 분야의 글쓰기 마당이 얼마든지 열려 있는 것이다.

언론인 연수와 대학 강의 경력 집필진의 글쓰기 전략

이 책은 이러한 문제점을 각 분야에서 활동하는 언론인들이 되짚어 가며 설명해주고 있다. 신문과 방송, 잡지, 작가 대본 등을 통해 글쓰기 사례를 구체적으로 제시하고 있다. 대학에서 미디어를 공부하는 학생과 기자, 방송작가 등을 꿈꾸는 예비 언론인들에게 해당 매체와 장르를 올바르게 이해시켜 주면서 그 다음 글쓰기 방식을 단계별로 제시해주고 있다.

따라서 글쓰기의 다양성을 보여주기 위해 집필자의 문체와 글의 구성방식을 그대로 살렸다. 그래서 책의 흐름이 통일된 편집이 아닌 분야별 집필자에 따라 포맷과 글의 흐름이 다르다. 그러면서도 전체적으로 책의 구성에 있어서는 분야별로 반드시 언론 현장 경험기와 라이프스타일을 실어 그 직업의 특성을 이해토록 한 후, 글쓰기를 설명하는 일관성을 지켰다.

특히 이 책의 집필진들은 서울 소재 대학 신문방송학과(언론영상학과)와 한국언론재단 예비언론인과정, 현직 언론인 연수과정 등에서 언론실무 특강과 겸임교수, 전임교수 경험을 가진 분들로서 이론과 실무를 적절하게 곁들여 집필했다.

아무튼 이 책이 미디어를 공부하는 학생과 언론계 진출을 꿈꾸는 젊은이들에게 미디어 바로보기와 글쓰기 즐거움을 더해주는 길라잡이로서, 아름다운 동행자로서 많은 도움이 되었으면 하는 바람이다.

　끝으로 분주한 언론 현업에 종사한 가운데 후배 언론인들을 위해 좋은 글을 집필해주신 이규연 중앙일보 탐사기획팀장, 박래부 한국일보 논설실장, 이도운 서울신문 워싱턴 특파원, 이성주 전 동아일보 의학전문기자, 노창현 스포츠서울 뉴욕편집국장, 홍성욱 서울방송 아트텍 감사, 김미라 전 문화방송 전속작가, 전소연 교통방송 기자, 이미숙 주간동아 차장 등 집필진 여러분들께 진심으로 감사드린다. 아울러 책을 출판해주신 당그래출판사 이춘호 사장님과 편집진 여러분들께도 감사의 말씀을 드린다.

2007년 2월

박 상 건

차 례…

글이란 무엇이며, 어떻게 쓸 것인가

박 상 건

문학과 미디어의 만남, 글쓰기의 퓨전화

글은 자기 생각을 문자로 표현한 것이다. 글에 가락을 넣어 압축한 것이 시(詩)이고 가락을 위주로 한 것이 음악이요 영상 중심이 미술이고 사진이며 이미지이다. 이것들을 공간화 하는 것이 공연이고 연극이며 방송이다.

흔히 '글쓰기'라고 하면 문학적인 것을 주로 말해오곤 했는데 최근 이것이 학문적, 학제 간의 전문 용어로 그 외연이 넓어지고 있다. 학제가 다양화가 되기 이전에 '글쓰기'라 함은 시·소설·희곡·평론·수필·일기·르포르타주 등 문학적인 틀로 국한해 왔으나 지금은 신문방송 인터넷잡지 매체 등 기사 작성의 범주까지 포괄한다.

시인으로, 신문발전위원회 전문위원, 서울여대 언론영상학과 겸임교수. 성균관대 신방과 박사과정을 수료했고, 91년 「민족과 지역」을 통해 등단. 「뿌리깊은나무」, 「샘이깊은물」 편집부장, 국정홍보처 언론분석 사무관, 국무총리 공보실 언론분석 전문위원을 지냈고, 「계간 섬」, 인터넷 신문 「섬과 문화」 발행인이다. 성대 언론대상을 수상(2006년)했고, 저서로 「김대중살리기」, 「일류공무원 삼류행정」, 「여론조작 40년」, 「레저저널리즘」, 「빈손으로 돌아와 웃다」, 「포구의 아침」 등이 있다. 이메일 주소는 'pass386@hanmail.net'

그래서 '미디어 창작'이라는 학제로 '퓨전화(복합화)' 경향을 보이고 있다. 퓨전화는 거스를 수 없는 시대의 물결로 보인다. 디지털 카메라 겸용 MP3플레이어, 카메라와 MP3, 전자사전과 DMB겸용 멀티미디어 핸드폰, 유황오리구이 전문점, 퓨전 게 요리 전문점, 일본식 우동이라는 고정관념을 깨고 녹차, 고추, 다이어트 한국식 우동이 등장하는 등 음식 메뉴나 인테리어 퓨전화, 서점과 인터넷 책방의 퓨전화, 바퀴 달린 신발 등 인접 분야와의 긴밀성이 일상생활과 상품, 학문과 연계돼 나름의 삶의 질을 시너지화 하고 있다. 이처럼 글쓰기라는 것은 생활과 밀착돼 창작 행위이든 미디어 보도 행위이든 결국은 먹고 사는 일의 가치를 높이는 퓨전화의 연장선상에 있다.

이것저것 버무린 김장김치처럼 우리 삶의 일상과 그 주변 소재는 글쓴이의 상상력과 창의력으로 버무려 모두 글이 되는 세상이다. 한마디로 글은 자기표현의 수단이다. 사람은 말이나 글을 통해 자기 의사를 표현한다. 그래서 글은 자기주장을 담는 그릇이기도 하고 마음의 찌꺼기를 배설하는 해방구이기도 하다. 또 취미 삼아 쓰는 글이 있고 자료를 모으고 관리하기 위해 메모하듯 쓰는 글도 있다. 이것을 체계화 하는 논문 쓰기 방식도 있다. 혹 누군가가 그리울 때는 편지 글쓰기를 하기도 하고 억울하면 장문의 글쓰기로 상대방에게 자기 입장을 털어놓기도 한다. 그런 것을 일기, 메모, 탄원서로 부르며 나름의 이름을 붙여 장르를 구분할 뿐 글쓰기의 본질은 나를 표현하고 나와 너, 우리의 커뮤니케이션 통로이고 수단이다.

글은 어떻게 쓰느냐가 관건이다. 글은 영혼의 도화선이고 배수구이다. 삶도 글도 물 흐르듯 흘러갈 때 아름답고 감동적이다. 글은 쌍방향의 통로이고 수단이다. 좋은 글은 소통의 메신지가 되기도 하고 서로의 충돌할 때 완충지대 역할을 한다. 글은 솔직담백해야 한다. 사는 일도 그렇지만 글 역시 솔직할 때 감동을 준다. 가식적인 글은 오래가지 못한다. 마치 한 번의 거짓말을 합리화하기 위해 아흔아홉 번의 거짓말을 해야 하는 고통처럼 거짓된 글은 고난의 터널로 들어서는 길이다.

가식적인 글은 자기 가치관의 혼란뿐만 아니라 신뢰와 공동체 문화에 균열을 가져온다. 그런 글은 정체성과 가치관의 혼란을 부추긴다. 파급력이 클수록 나와 우리를 넘어 사회의 진정성을 뒤흔들고 의사소통의 전도현상을 유발한다. 따라서 글은 알맞은 소재를 가지고 적재적소에 잘 사용해야 한다.

역설적으로 글은 그만큼의 마력과 저력이 있다. 특히 솔직한 글 한 줄은 우리 사회와 문화를 작동시키는 중요한 모티브이다. 폐허가 된 전쟁 후의 대한민국을 "하면 된다", "잘살아보세"라는 대동맥으로 이어져 힘찬 에너지가 되었던 것도 글의 마력이다. 글쓰기를 업으로 하는 작가나 언론인 등 각계 전문가들은 이러한 글의 가치와 사회적 책임을 생각하면서 체험을 바탕으로 이런저런 사례를 들어 설득력 있는 글쓰기를 하는 것이다.

좋은 글은 체험과 독서력에서 나온다

앞서 '체험'이라는 단어가 등장했다. 처음부터 글을 잘 쓰는 사람은 드물다. 체험이 미약한 탓이다. 인간은 세상에 태어나 걸음마하며 '음마 → 엄마 → 어머니' 순으로 발음을 한다. 그렇게 온몸으로 언어를 배운다. 그러하듯이 글쓰기도 체험을 넓히고 다지면서 그렇게 성장한다. 이 세상에 선천적으로 글을 잘 쓰는 사람은 드물다. 글은 씨 뿌리는 대로, 땀 흘린 만큼 성장하는 아주 민주적이고 합리적인 시스템을 가졌다.

글쓴이는 그 체험을 통해 상황에 따라 시의적절한 어휘를 구사하는 능력을 기른다. 차차 성장하면서 존칭을 사용할 줄 알게 되고, 자기 의사 표현을 달리할 줄 알게 되는 것도 모두 체험의 결과물이다. 살다 보면 수많은 상황에 맞닥뜨리게 되는데 그 때마다 적절한 표현이 떠오르지 않을 때가 많다. 이는 부단한 체험과 독서, 문장력의 3박자가 갖추어지지 않았기 때문이다.

그럼 구체적으로 체험이란 무엇인가? 이를테면 압구정동에서 태어나 압구정동에서 노년까지 맞은 사람이 있다고 하자. 그이는 서울 하늘 아래 살지만 산동네 빈민촌의 아픔을 정확히 헤아릴 리 만무하다. 대충 대중매체와 풍문을 통해 알 수도 있는 일이지만 글에 있어 솔직하고 디테일한 표현은 불가능하다. 또한 비행기나 자가용만 타고 다니는 사람이 서울역 지하도에서 라면 박스를 뒤집어쓰고 겨울나기 하는 노숙자의 애증을 알 턱이 없다.

그래서 체험이 중요하다. 농부를 이해하기 위해 농촌에 가서 농활을 하거나 농장 체험 정도는 해보아야 농촌의 현주소를 알 수 있다. 아니, 어림짐작 정도의 풀꽃 이름, 농작물 정도는 알 수 있을 터이다.

또한 분단의 아픔을 이해하기 위해서는 기차를 타고 도라산역이나 판문점 근처 정도는 가봐야 할 것이다. 그도 아니면 전쟁 참여 세대를 통해 간접 체험이라는 것을 해보아야 할 것이다.

간접체험은 직접 체험을 할 수 없을 때 불가피하게 선택하는 방법이다. 우선 독서를 통해 간접 체험을 쌓을 수 있다. 삼국시대에 대해 소설을 쓰고자 하는 작가가 삼국시대로 되돌아갈 수는 없는 노릇이다. 그래서 그 작가는 고서를 탐독하고 유적지를 순례하고, 각종 자료 수집 등을 통해 글의 얼개를 만든다. 이것이 간접 체험이다. 이를 바탕으로 글쓴이의 상상력을 보태는 것이다. 상상력의 힘 역시 반복되는 독서력과 체험에서 나온다. 이런 작업이 반복되면서 글쓴이의 개성이 만들어지는 것이다.

체험과 상상력을 바탕으로 글쓰기를 반복하면서 자연스럽게 문장력이 늘어나고 글쓴이는 자기만의 문체를 가질 수 있다. 그것이 글맛이고 글의 멋이다. 그 멋이 글쓴이를 스타로 만들고 캐릭터로 자리 잡는다. 글을 잘 못 써도 읽는 재미가 쏠쏠하다는 분이 많은데 그런 독자들이 말하는 잘 쓴 글, 명료한 글, 기쁨과 눈물샘을 우려내는 빛깔 있는 글은 모두 이러한 과정을 거친 문장력의 결실이다.

간접 체험과 직접 체험을 반복하라

그렇다고 체험을 무작정 할 수는 없는 노릇이다. 돈을 위해서 노가다를 했을 때와 르포를 쓰기 위해 노가다 현장을 체험한 사람의 노동

강도와 생각은 하늘과 땅 차이다. 똑같은 노동이나 사물을 바라보면서도 저마다 시각과 감성이 다를 수밖에 없다. 가난과 생계를 위해 노가다판을 오가는 사람은 그 진정성이나 체감도가 깊을 수밖에 없다. 서민의 아픔을 자기 아픔처럼 깊게 느낄 것이다. 그래서 글도 실감날 것이다. 만약 언론사에서 특집 기사를 준비하면서 이 분야에 대한 취재 기회가 주어진다면 데스크는 당연히 체험자를 투입할 것이고 체험자는 자기 이야기처럼 밀착돼 치밀하고 당당하게 묘사할 것이다. 그런만큼 독자와 시청자의 감동도 배가될 것이다. 딱히 이런 체험을 직접 하지 않는 사람도 독서력과 상상력만은 자신 있다면 노가다 출신이 쓴 일기나 현장기록, 인터뷰 방식, 르포, 소설 등을 통해 짜임새 있는 글을 만들어 갈 수 있을 것이다.

이처럼 체험은 글의 소재 찾기의 시작이자 얼개의 바탕이다. 얼개는 집을 지을 때 골격을 말한다. 꽃으로 말하면 줄기이다. 줄기가 싱싱해야 비바람이 몰아쳐도 꺾이지 않는다. 그렇게 아름답고 소담한 꽃을 피우듯이 글의 흐름 역시 부드럽고 글감을 탄탄하게 받쳐준다. 그것이 글의 생명력이다.

체험의 강도와 다양성은 글의 실감과 바로 직결된다. 어느 사회학자가 칼럼을 쓰거나 방송에 출연하여 지하철 종사자의 임금이나 시스템 문제를 논한다고 가정해보자. 그이가 지하철을 한 번도 타 보지 않았다면 논쟁에 한계가 있을 것이다. 또 한국의 대학 생활을 전혀 해보지 못한 채 갓 유학길에서 돌아온 교수가 학내 문제나 대학교육의 문제점을 논한다면 이 역시 독자나 대학사회의 신뢰를 얻기 힘들 것이다.

　이처럼 글은 논리와 지식만으로 이뤄질 수 없는 성질을 가졌다. 그래서 체험 없는 글은 속빈 강정이다. 글이 실감나지 않는다면 그 글은 설득력을 얻지

필자의 여행수첩과 지도　　　　ⓒ박상건

못한다. 설득력이 없다는 것은 감동이 없다는 것이다. 그래서 작가들은 자연으로 되돌아가 보다 밀착된 글을 쓰려 애쓴다. 글에 생명력을 불어넣기 위함이다. 요즈음 신문이나 방송에 주로 연재하는 경향 중의 하나가 시골이나 외진 섬에서 시인들이 글을 써 보내는 것들이다.

　필자 역시 매주 주말이면 무작정 떠난다. 이제 떠나지 않으면 답답함을 느낄 정도로 길 든 삶에 절여져 있다. 글쓴이는 떠나지 않으면 생각이 굳어진다. 글이 관념화되고 추상적이며 작의적으로 흐른다. 그리고 이데올로기화된다. 산업화 메커니즘의 홍수 속에서 생각이 생생하고 삶의 윤활유 역할을 하지 못할 때는 그 메커니즘의 소용돌이에 휩싸이기 마련이다. 콘크리트 아파트와 빌딩을 오가면서 자기도 모르게 도시 증후군과 업무적 발상에서 허덕이며 삶의 무거운 어깨만큼이나 글도 버겁고 횡설수설하기 마련이다.

　사노라면 체험은 늘어나는 것이겠지만 대학생 등 젊은이들이 하루아침에 모든 체험을 다 해볼 수는 없는 노릇이다. 그래서 부단히 여행을 떠나야 한다. 여행은 멀리 가는 것만을 의미하지 않는다. 종점 여

행, 근교 기차 여행 등 일상의 탈출구는 얼마든지 많다. 그런 횟수를 늘려가면서 독서를 통해 앞서간 세대와의 만남을 반복하는 것은 간접 체험의 효과를 높이는 길이다.

글쓰기 두려움 없애고 메모 습관 기르기

이러한 체험도 기록하지 않으면 말짱 도루묵이다. 구슬이 서말이라도 꿰어야 보배다. 글쓰기는 메모 습관이 매우 중요하다. 생각을 글로 풀어내기 위해서는 체험을 통해 자기만의 독창성과 창의성을 인정받은 셈인데 최초에 얻은 영감이나 아이디어는 메모하지 않으면 수증기처럼 바로 달아나버린다. 그 작은 단어 하나가 생각의 숙성 과정을 거쳐 살아있는 문장으로 거듭 나는 것이다.

쇼펜하우어의 「문장론」에는 이런 문장이 나온다.

영혼에 사상을 품고 살아가는 것과 가슴에 연인을 묻고 살아가는 것은 동일한 현상이다. 우리는 영혼에 새겨진 사상이 절대로 떠나지 않을 것이라고 생각한다. 그러나 사랑하는 사람에게 그 진실한 마음을 보여주고, 결혼이라는 끈으로 하나가 되지 못하면 결국 소멸하는 것처럼 위대한 사상도 종이에 써두지 않으면 언젠가 사라지고 만다.

그렇다. 아무리 '위대한 사상도 종이에 써두지 않으면 언젠가 사라지고 만다'는 점이다.

여류작가 오정희씨를 인터뷰한 「세계일보」(2006. 1. 6) 인터뷰 기사에서도 이러한 메모의 중요성을 거론하고 있다.

눈에 보이는 모든 곳에 생각나는 대로 적어둔 메모지를 붙여두고 매사를 문장으로 만들어 머릿속으로 되뇌는 '문장 중독증' … 심지어 친정아버지가 돌아가셨을 때 시신을 붙들고 울면서 오씨는 자신도 모르게 문장을 만들고 있었다. …그의 눈은 닫히고 입은 열렸다. 꺼멓게 열린, 무정형의 욕망이 빠져나간… 겨우 한 문장 써놓고 하루 종일 고통 받는 상황에 대한 묘사는 글쓰기의 업이라는 게 천형처럼 느껴지기도 한다. 밀도와 긴장감을 유지하고 어휘를 선택할 때 신중에 신중을 기하는 오씨이기에 더욱 그러하다. 어쩌면 나는 "좋은 문장가"가 되고 싶은 것인지도 모른다. 많이 생각하고 오래 삭히어 빚어내는 한 줄의 고요하고 단정한 문장과 깊은 울림으로 숨 쉬는 행간의 세계는 모든 글 쓰는 자, 글 읽는 자들의 꿈일 것이다.

친정아버지의 시신 앞에서 메모하는 작가의 모습은 글쓰기의 성스러움과 경건함 그리고 사명감과 긴장감을 동시에 느끼게 한다. 좋은 문장가가 되기 위해 '오래 삭히어 빚어내는 한 줄의 고요하고 단정한 문장'을 추구한다는 자세야말로 작가의 업이면서 글쓴이가 지향하는 길이다. 그런 문장일 때 오래도록 깊은 가슴에서 감동이 출렁이는 법이다. 여기서 '익힌다', '삭힌다'는 표현은 작가 사이에서 흔히 하는 말인데 술을 익히듯이, 떫은 감을 된장 물에 우리듯이, 메모를 해둔 한 단어가 훗날 또 다른 체험과 상상력을 더해 한 편의 시가 되거나, 거대 담론으로 이어진 경우이다. 또 메모해두고 나면 비슷한 착상을 하거나 글을 쓰는 도중 해당 문장 안에서 안성맞춤의 어휘로 쓰이는 경우가 많은데 이런 경우를 말한다.

물론 작가가 아닌 사회과학 학자이거나 미디어 글쓰기를 주로 하는 분 또한 그 범주를 크게 벗어나지 않는다. "글쓰기 교수 3인이 말하는 '글을 잘 쓰려면'"이라는 제목의 「중앙일보」(2005.3.3) 기사 역시 메모와 글쓰기의 습관화를 강조하고 있다.

> 문학 작품을 많이 섭렵했다. 읽을 때 마다 꼭 메모를 했다. 일기를 쓰다 보니 언젠가부터 이게 내 글이구나 하는 인식이 들었다. 글을 잘 쓰고 싶다는 욕심도 솟았고, 책이나 영화에서 인상 깊은 대목을 글로 남겼다. 좋은 글을 접하면 그것을 모방하면서 나의 글을 다듬어나갔다. 글쓰기를 위한 학습, 학습을 위한 글쓰기가 이뤄져야 한다. 모든 교과에서 글쓰기가 활용돼야 한다. 미국에서는 '총체적 언어학습'이라 해서 범교과적으로 글쓰기가 이뤄진다. 대학마다 라이팅 센터(writing center)라는 공간이 있어서 늘 교수가 자리를 지키며 학생들의 글쓰기를 지도한다.

이처럼 메모는 모든 글의 시작이다. 사람이란 직접 체험하지 않는 일은 잊어버리기 십상이다. 더욱이 이해관계가 없는 일은 상대방 이름마저 쉽게 잊어버린다. 하물며 그 사소한 소재나 어휘 한토막이 훗날 자기에게 빵이 되고 영혼의 빛이 되리라고 믿는 사람은 드물다. 그러나 글을 쓰려는 사람에게는 천형의 길을 걷듯이 메모하지 않으면 좋은 글쓰기로 가는 길에서 겉돌 수밖에 없다. 산을 오르면서 힘들 때

가파른 호흡을 다듬고 지름길을 찾곤 하는데 메모 습관이야말로 글을 쓰는 도중 가장 빠른 지름길을 가는 방법이다. 하여, 길을 걷다가 낯모른 사람이 우연히 뱉는 한마디, 술집 구석에서 들려오는 쌍소리까지도 버릴 수 없는 글의 용도에 따라 더없는 자산이요 유산으로 남는다. 메모는 그만큼 중요하다. 그래서 어릴 적부터 선생님들은 알림장과 일기장을 권했다. 지금도 작은 수첩 하나와 일기장을 권하고 싶다. 메모도 메모이지만 자기 자신을 정돈하는 일이 중요하다. 매일 일기를 쓰지 않더라도 일주일에 한두 번 정도는 생각과 일상생활을 거울 들여다보듯이 정리할 필요가 있다. 자꾸 발견하는 것, 깨닫는다는 것은 새로운 세계관을 키우고 열어가는 행위이다. 그렇게 생각하는 습관은 상상력과 창의력을 확장시켜 준다. 선지자와 대화나 독서를 통해 행간에서 얻는 지식과 지혜야말로 간접적인 체험의 최대 혜택인 것이다.

이것이 글쓰기에서 창조적 모티브로 불꽃 같은 역할을 하고 위대한 작품과 명문장, 명언으로 자자손손 타오르며 전해지는 것이다. 메모는 자기 방식대로 쉽게 하자. 필자는 늘 기자용 취재용 수첩을 소지하고 다니지만 집이나 사무실에 깜박 놓고 올 때가 있다. 특히 술좌석에서 그 메모의 필요성을 느낄 때가 많다. 상대방 입에서 좋은 아이디어가 나오면 메모하고 싶어진다. 그럴 때 담뱃갑을 찢거나 냅킨에 메모를 한다. 특히 냅킨은 상호가 표시돼 있어 당시 상황을 구체적으로 떠올리는 데 도움을 준다. 가능한 PC방에 들어가 홈페이지와 이메일함에 저장해둔다.

기억에는 한계가 있기 마련이다. 그러니 가능한 빨리 저장해두는

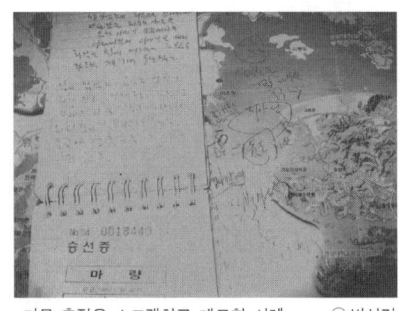
머문 흔적을 스크랩하고 메모한 사례 ⓒ박상건

습관이 필요하다. 여행 중에는 수첩 외에도 지도에 깨알만 하게 메모하곤 한다. 돌아와서 글 쓸 때 그 지도를 보며 정리할 때 현장감이 더 살아나곤 한다. 이처럼 메모 습관은 일상의 습관이 되어야 글쓰기 생활을 병행할 수 있음을 잊지 말자.

글쓰기에서 또 하나 방법은 타자와 대화이다. 의사소통 방식을 길러야 물 흐르듯이 글을 쓸 수 있다. 인터넷 대중화는 이런 면에서 글쓰기 수단으로 안성맞춤이다. 이메일을 통해 쌍방향 커뮤니케이션을 자주 시도해보는 것도 한 가지 방법이다. 은어 투성이의 단문 중심의 문자메시지 보내기보다는 이메일 보내기를 통해 친구, 지인과 사랑도 쌓고 자기주장과 타인의 감정을 이해하는 방식도 익혀두는 게 좋다. 서울여대 미디어취재보도 수업 시간에 이런 방식을 시도해 본 결과 꽤 만족할만한 효과를 보았다.

매 수업 후 강의 쪽지를 써내게 했다. 내용은 자유이다. 강의 비판도 좋고 연애편지도 좋고 그냥 낙서도 좋다. 학생들은 맨 처음 하얀 쪽지에 무엇을 적을까 고민도 하고, 글을 잘못 쓰면 학점에 큰 영향을 미치지 않을까 고민하다가 이내 경계심을 풀고 서서히 자기주장을 적어나갔다. 대화를 통해 말하는 방법과 글을 쓰는 행위의 접점을 찾아가는 과정은 성공이었다.

쪽지에 다하지 못한 이야기는 이메일을 통해 다시 이루어졌다. 실시간 쌍방향 커뮤니케이션이므로 상대에 대한 경계심이나 부담감을 털고, '나도 할 수 있구나', '내 메일에 답이 오는구나'… 친

학생들이 수업 후에 써 내는 강의 쪽지　　ⓒ박상건

근감과 함께 글쓰기 자신감이 붙으면서, 다음에는 무슨 이야기를 쓸 것인가를 고민하며 소재 발굴과 어휘 선택, 문장 만들기에 관심을 갖게 되었다.

이제 학생들 가운데는 칼럼을 자유자재로 쓰고 인터뷰 기사도 잘 쓰고 선배 언론인들을 만나면 자유자재로 아이디어도 내고 토론을 하곤 한다. 직접 〈女론의 여론〉이라는 타블로이드 신문을 기획하고 취재하여 발행하고 배포하는 수준에 이르렀다. 요즈음 미니홈피나 개인 홈페이지에 농담 섞인 글을 올리기도 하고 서슴없이 자기 생활의 단면을 토로한다. 일종의 의사 표현에 대한 자신감이 생긴 것이다. 이런 자신감에서 계속 글을 써 가니 글쓰기가 늘어날 수밖에 없다. 글은 쓸수록 느는 것이다.

다만 이메일 쓰기에서는 가능한 은어·속어·유통언어를 지양하고 새로운 언어를 발굴 사용하는 습관을 가져야 한다. 토속어 등 풍부한 어휘력은 문장력의 배가로 이어진다. 그런 어휘력은 결국 체험과 독서의 반복에서 나온다. 글을 쓰면서 낱말, 맞춤법을 익혀 나가는 버릇이 생

긴다. 문장을 구성하는 것은 단어들이다. 문장은 단어들로 조직되어 있다. 그 단어 씀씀이를 많이 알수록 다양한 생각과 감성이 되살아난다. 이것이 소위 생명력 있는 글이다.

글을 쓰면서 자기도 모르게 국어사전이나 인터넷백과사전을 자주 이용하게 된다. 적절한 단어 찾기와 맞춤법을 숙지하는 것이 생활화되어가고 있음을 방증하는 것이다. 그렇게 문장력이 길러지면 자연스럽게 자기 문체가 만들어진다. 그것이 글쓴이의 독창적인 빛깔이며 맛깔스런 글이다. 영어 공부할 때 단어 외우고 숙어를 외우면서 영작 실력을 키워가는 방식과 흡사하다. 결국 언어와 문장 익히기는 반복적인 습관이 포인트임을 알 수 있다.

모방의 수준이 끝날 때까지 베끼면서 모방하라

풍부한 어휘력은 문장력의 토대이다. 그래서 많이 읽어야 한다. 글쓰기는 배설 행위이면서 일종의 창조 행위이다. 자기 생각을 뱉어내는 것이면서 동시에 창작이어야 한다. 자기 이야기이면서 새로운 이야기여야 한다는 것이다. 그런데 신이 아닌 이상 처음부터 새로운 것을 만들 수는 없는 일이다. 창작은 무에서 유를 창조하는 과정이다. 그래서 예술은 자연에 대한 모방이라고 했지 않던가. 셰익스피어는 "연기는 모방을 얼마나 자연스럽게 하는가에 있다"고 했고, 아리스토텔레스는 "예술가는 행동하는 인간을 모방한다"라고 했다. 로댕은 "예술가는 다만 자연을 모방할 뿐이다"라고 했다. 발자크 역시 "예술의 사명은 자연을 표방하는 것"이라고 했다.

노자 역시 "인간의 자유는 자연의 도"라고 말했다. 분명 모방은 예
술의 시작이요 끝이다. 모방을 그저 표절이나 부도덕쯤으로 잘못 이해
하는 경우가 많다. 글쓰기 시작은 분명 모방이다. 선각자의 글이나 체
험 속에 스며든 정신과 문맥, 메시지를 이해하면서 서서히 모방의 기
술을 익히는 것이다.

많은 예술가들은 그런 모방의 단계를 거쳐 창조한 것이다. 다시 말
해 재창조한 것이다. 지어진 집을 리모델링한 셈이다. 미술·음악·철
학·문학 등 다양한 분야마다 모두 일정 계보가 형성돼 있다. 이는 맨
처음 누군가의 의해 만들어진 작품 또는 성과물을 학문 예술 행위 등
을 통해 모방하기 시작했음을 말한다. 계보라는 표현은 그 뒤를 이어
왔음을 방증한 것이다. 만들어진 작품에 대해 해석과 시각을 달리하면
서 비틀고 다듬어 자기 창조를 한 것이다. 이를테면, 모든 가치 중에
서 미를 최고로 한다는 유미주의(탐미주의, Aestheticism)는 낭만파
시인 쉘링-보들레르-로세티-와일드에 이르며 발전했고, 이 사상과
반대로 자연주의를 표방하는 그룹은 에밀 졸라-플로베르-발자크로
이어졌으며 한국에서는 염상섭이 처음으로 이를 모방한 것이다.

한국의 시의 흐름 역시 백석-김소월-김영랑-서정주-박재삼-송수
권 식으로, 모태의 정신을 요리조리 비틀고 가락을 달리 넣으면서 자
기 시세계를 만든 것이다. 그 뒤를 이어 후예들도 그런 작업을 되풀이
하고 있다. 그런 경우를 우리는 "누구는 누구의 영향을 받았다"고 점
잖게 표현하고 있을 뿐이다.

그래서 필사를 하게 된다. 시인이나 작가가 되기 위해, 그리고 언론 고시를 준비하는 사람들은 모두 필사 작업 과정을 거친다. 일종의 모방 훈련이다. 어릴 적 받아쓰기를 하고, 영어를 처음 배울 때 자주 베끼는 과정과 같은 것이다. 잘된 텍스트를 베끼면서 그 글의 구조를 이해하고 리듬을 익히게 된다. 따라서 필사할 때는 모범이 되는 텍스트를 고를 줄 알아야 한다. 이를 위해 입바람이 필요하다. 입바람은 습작 과정에서 스승이나 선배에게서 듣는 일종의 훈계, 쓴소리이다. 앞서 이런 훈련을 거쳐 간 선배들로부터 작품을 선정하고 왜 좋은 작품인가를 엿듣고 베끼면서 온몸으로 배워가는 것이다. 입바람을 자주 맞으면 자존심이 구겨진다. 그래서 대부분 이 과정에서 중단한다. 그러나 필사 훈련 강도가 세진만큼 탄탄한 글의 구조를 갖고 이른바 스타 대열에 오르게 된다.

글의 구조를 익히고 기법을 익히면서 수없이 베껴 쓰다보면 자기도 모르게 펜혹이 붙는다. 펜혹이란 볼펜 쥔 손에 굳은살이 박히는 것을 말한다. 대부분 크게 성장한 작가들은 이 펜혹의 경험이 있다. 딱딱하게 달라붙은 굳은살을 칼로 도려내면서 글쓰기를 반복한다. 그런 과정에서 글의 흐름이 한눈에 들어온다. 그 글의 호흡을 함께 한다. 글이 끊고 이어지는 문장의 테크닉을 자연스럽게 몸으로 익힌다. 한마디로 온몸으로 글의 구조와 전개 과정을 익히는 것이다.

그런 과정을 거치고 나면 저절로 외워지는 노래가사처럼 자기만의 가락이나 리듬을 넣게 된다. 그렇게 글을 직조하는 결과물이 글빛이요 문장력이다. 그런 수준에서 글을 쓰면 마침내 자기 마음을 배설하는 행위는 곧 영혼의 카타르시스가 된다. 운동이나 등산을 한 후 땀을 쭉 빼듯이 글을 쓰며 진을 빼는 행위를 스스로 즐길 줄 알게 되는 것이다. 그런 글쓰기 과정은 외로운 고행이지만 많은 습작 후에는 하안거나 동안거를 끝내고 내려온 수도승처럼 마음이 가벼얍다. 비우고 버리는 일이 얼마나 가벼운 것인지, 그 의미가 무엇인지를 속으로 느끼고 즐거워한다. 비로소 한 편의 글은 텅 빈 영혼에서 뿜어나는 한 줄기 빛이요 샘물이다. 마침내 글의 경지라고 할까? 영국의 낭만파 시인 와일드가 말한 "진정한 예술은 모방이 끝나는 곳에서 시작된다"라는 표현에 고개를 끄덕이게 된다.

글의 자유와 책임을 가슴에 품고 살자

마지막으로 글쓰기에서 꼭 염두에 둘 일은 글에 대한 책임감이다. 앞서 이야기했듯이 어떤 장르이든 솔직해야 한다. 글은 순수 빛이어야 한다. 누군가를 해하지 않는 글이어야 한다. 그릇된 행동을 하는 사람을 일러 양식 없는 사람이라 한다. 글은 마음의 양식이다. 글은 인격이다. 글은 양심이다. 그래서 글쓰기는 책임을 동반한다. 글은 이중성을 인정하지 않는다. 그래서 많은 학자나 권력의 중심으로 들어간 사람들이 과거의 글쓰기를 통해 인격적 검증을 받고 사회적 지탄과 함께 도중하차하곤 한다. 허공에 뱉어낸 말이나 하얀 여백에 우뚝 선 글의 주인공은 바로 나 자신이다. 글의 주인이 곧 글의 주어이다. 주어는 서술어를 이끈다. 글도 삶도 앞장 선 주체가 모호하면 기항지가 달라진다. 문장 행간에는 삶의 많은 가치관과 판단이 곁들여져 있으며 이러한 문장의 설득력에 따라 개인과 사회, 국가의 조직을 한 방향으로 견인한다. 그 위대한 힘의 결속력은 신뢰이다. 신뢰는 곧 주인에 대한 믿음이다. 그것을 우리는 주인의식이라고 부른다. 주인이기에 그 안에서 벌어지는 모든 책임을 요구받는다.

이처럼 글은 모든 사유를 다할 수 있는 자유와 책임을 동시에 타고 났다. 배울 때, 사회에 나갔을 때, 권력을 쥐었을 때 서로 다른 글쓰기를 해서는 안 될 것이다. 글은 환자의 수술 부위를 다루는 수술용 칼에 비유한다. 잘 쓰면 사람을 살리고 잘못 쓰면 사람을 죽인다. 글은 좋은 곳에 씌어져야 한다. 훗날 잘 나가는 글쟁이가 되었을 때도 맨 처음 글쓰기 자세처럼 한결같은 다짐을 잊지 말아야 할 것이다. 글은 사치와 권력의 수단이 아니라 자기 검열과 우리 사회 가치 창조의 길을 안내하는 맑고 밝은 등불이자 등대여야 한다.

신문기자 기사작성법 5가지 소고(小考)

이 규 연

#1. 「중앙일보」 2004년 3월 22일자 1면에 실린 기사

탐사기획 시리즈 '가난에 갇힌 아이들'의 리드 기사가 만들어진 과정이다. 필자는 초고를 두 차례 퇴고했다.

① 15일 경남 마산시 S식당 앞 거리에서 부근에 사는 元OO(16)군이 숨진 채 발견됐다. 경찰은 元군이 생활고에 시달리다가 독극물을 먹고 자살한 것으로 보고 있다. 元군의 어머니는 최근 가출했고, 아버지는 암 투병 중인 것으로 알려졌다.

② 元OO(16)군이 15일 차디찬 거리에서 숨진 채 발견됐다. 경찰 보고서에는 이렇게 적혀 있었다. '경남 마산시 S식당 부근에 쓰러져 있었음. 어머니 가출, 아버지는 대장암 말기. 중학교 성적 우수. 독극물을 먹고 자살한 것으로 판단됨'.

「중앙일보」 기자로, 탐사기획 부문 에디터. 1988년 「중앙일보」 공채 수습기자로 입사. 주로 탐사기획 취재를 담당하고 있다. 2005년 탐사기획팀장, 2006년 탐사기획 에디터. 한국기자상(2001년, 2006년 2회), 삼성언론상(2006년), 성대 언론대상(2002년), 2005년 미국 탐사보도협회에서 주는 특별상을 수상했다. 저서로는 「대한민국 파워엘리트 대 해부」(공저)가 있음. 이메일 주소는 letter@joongang.co.kr.

③ 한 소년이 죽었다, 차가운 거리의 도시에서. 경찰 보고서에는 이렇게 적혀 있었다. '16세 元○○군. 15일 경남 마산시 S식당 부근에 쓰러져 있었음. 어머니 가출, 아버지는 대장암 말기. 중학교 성적 우수. 독극물을 먹고 자살한 것으로 판단됨'.

글재주가 신통치 않아 머리카락을 몇 차례나 잡아 뽑은 뒤 기사를 마무리할 수 있었다. 초고 ①은 전형적인 사건 기사 형태를 하고 있다. 맨 처음 두 문장에 전통적인 보도문의 구성 요소인 육하원칙의 내용이 거의 다 들어가 있다. 반면 '한 소년이 죽었다'로 시작하는 최종 원고 ③은 파격적인 구조를 하고 있다. 육하원칙이 대부분 빠져 있음은 물론이고 '누가'도 구체적으로 밝히지 않은 채 '한 소년'이라고만 처리돼 있다.

불과 얼마 전까지 국내 신문사에서 파격적인 문체는 받아들여지지 않는 분위기였다. 하지만 최근 들어 달라졌다. 독자가 전형적이고 딱딱한 글에 싫증을 내고 있음을 일선 기자와 편집 간부들이 눈치 채기 시작한 것이다.

많은 독자는 국내 신문 기사에서 '전형성'을 느낀다고들 한다. 단어·문장·구성에 일정한 패턴이 있다는 것이다. 이는 상당 부분 편집국의 도제(徒弟) 제도에서 비롯된다. 중세(中世)에 제자가 스승의 손 기술을 따라 배운 것처럼 신문사 내부에도 비슷한 구조가 있다. 신문사에 갓 들어간 수습기자에게는 대개 선배 기자 한 명이 따라 붙는다. 수습 기간에 이들 사이의 위계질서는 엄격하다. 수습기자에 대한 선배의 영향력은 절대적이다.

수습기자는 견습기자로도 불린다. 여기서 '견'은 원래 '볼 견(見)'자지만 우스개로 '개 견(犬)'을 쓰기도 한다. 선배가 요구하는 대로 취재 결과를 '물어 오는' 기자라는 뜻이다. 선배는 후배에게 취재 방법은 물론 신문에 맞는 글쓰기를 가르친다. 이 과정에서 후배는 선배가 쓰는 단어·문장·서술구조를 자연스럽게 따라 배우게 된다.

전형성은 획일성·상투성을 낳기 십상이다. 거푸집을 만들어놓고 모조 비너스 상을 찍어내는 식으로, 기자는 자신도 모르게 붕어빵 기사를 생산해 낼 때가 많다. 요즘 신문사의 인력 충원 구조가 수습기자 선발 방식에서 경력기자 채용 위주로 바뀌면서 도제 분위기가 엷어지기는 했다. 그렇지만 국내 기사의 전형성은 좀처럼 깨지지 않고 있다.

도제 제도에 문제점만 있는 것은 아니다. 수습기자는 선배 기자의 지시대로 움직이다보면 어느 새 기사를 빨리 쓸 수 있는 능력을 갖게 된다. 이는 마감 시간에 항상 시달려야 하는 기자로서는 매우 중요한 노하우다. 도제 문화는 갓 입사한 기자라도 100점 만점에 60점 정도는 받을 수 있는 '안전한' 기사를 쓰게 도와주는 인큐베이터 역할도 한다.

예비 언론인이나 수습기자가 가야 할 길은 뻔하다. 선배 언론인의 글에서 안정성을 이어받아야 한다. 그러면서도 이를 거부하며 창의성을 찾아내야 한다. 명백하지만 쉽지 않은 길이다.

#2. 기사는 다른 장르의 글과 사뭇 다르다

우선 일기가 아니다. 자신을 위한 글이 아니라 남에게 보여주기 위한 글이다. 논문도 아니다. 학자가 아니라 대중이 읽는 글이다. 소설이 아니다. 허구가 아닌 사실을 바탕으로 한다. 수필 역시 아니다. 감성보다는 논리가 앞서는 글이다. 이런 특성 때문에 기사문에는 몇 가지 원칙이 있다.

첫째, 정확성이다.

기사는 명료하고 구체적으로 써야 한다. 정확성을 너무 강조하다보면 문장이 딱딱하거나 장황해질 수 있다. 그렇더라도 익명보다는 실명을 쓰고 날짜장소 같은 기본적인 내용이 빠지지 않도록 최대한 노력해야 한다.

둘째, 논리성이다.

앞뒤가 맞고 흐름에 조리가 있어야 한다. 최대한 논리를 갖춰 기사의 객관성을 유지해야 한다. 물론 논리에 충실하다보면 자기주장을 지나치게 내세울 수 있다. 조심해야 한다.

셋째, 공정성이다.

한쪽만 강조해 다른 편한테서 '억울하다'는 공격을 받아서는 안 된다. 공정성에 매달리다보면 자칫 글이 양비론으로 흐를 수 있다. 주장을 분명히 펴면서도 여러 시각을 함께 담아줘야 한다. 아무리 기사에 자신이 있더라도 상대방에게 반론 기회는 줘야 한다.

넷째, 간결성이다.

대개 한 문장이 60~70자를 넘으면 곤란하다. 독자의 대다수는 전문인이 아닌 대중이다. 대체적으로 호흡이 긴 기사는 독자가 외면한다. 문장이 길다보면 논리력이 떨어질 수 있다. 물론 지나치게 간결하다보면 문장이 어색해질 수 있음을 머릿속에 깊이 새겨야 한다.

다섯째, 참신성이다.

독자의 눈을 사로잡을 수 있어야 한다. 특히 리드가 중요하다. 문장의 얼굴인 리드에서 독자의 시선을 잡지 못하면 십중팔구 기사의 가독성은 떨어진다. 물론 지나치면 '가볍다'는 비판을 받게 된다.

#3. 편집국에서 일선 기자들이 데스크한테 자주 '깨지는' 단골 메뉴

몇 년 전 필자는 편집국 데스크급 간부들을 상대로 간단한 인터뷰 조사를 한 적이 있었다. 일선 기자들이 쓴 기사에서 자주 발견하는 문제점이 무엇인지, 그 해법은 무엇인지 등을 물어봤다. 어떤 응답이 나왔을까.

1) "제목이 나오지 않는다"

– 다 읽어봤는데도 제목을 선뜻 뽑을 수 없는 기사가 적지 않다. 주장하는 게 뭔지, 애매모호하게 작성됐기 때문이다. 대부분 양비론에 충실하거나 논지를 강렬하게 적지 못한 탓이다. 주 제목과 소제목을

미리 뽑아놓고 기사를 쓰면 이런 문제를 줄일 수 있다.

2) "자기만 알게 쓴다"

– 친절한 설명 없이 기자만 아는 정보·단어를 남발하는 경우가 적지 않다. 속보(速報)를 쓸 때 이전 기사 내용을 언급하지 않는 것이 대표적인 사례다. 어려운 전문 용어를 되풀이해 쓰는 경우도 마찬가지다. 자신이 쓴 원고를 속으로 소리 내 읽다보면 기사의 허점이 보인다.

3) "기사가 아니라 소설을 쓴다"

– 실태와 현실을 꼼꼼히 취재해, 이를 기초로 결론을 내지 않고 선입관이나 이념 성향에 따라 기사를 쓴다. 고려대는 저렇다, 연세대는 이렇다 식 등이다. 노조나 대기업에 일방적으로 편파적인 글도 있다. 바쁘더라도 저널리즘의 기본 원칙을 자주 되새기면 좋겠다.

4) "중언부언한다"

– 내용을 강조한다고 같은 표현이나 내용, 단어를 반복하는 경우다. 평소 갈치의 잔가시를 발라내듯 겹치는 표현을 발라내는 훈련을 해야 한다.

5) "또 분통 터지냐"

– 과장된 표현을 생각 없이 쓴다. '들통 났다', '분통이 터졌다', '매

도했다', '퍼부었다' 등. 평소에 글을 읽으면서 감정적인 표현·단어를 골라내는 습관을 들인다.

#4. "노련한 상인처럼 기사를 써야 한다"

이렇게 얘기하면 예비 언론인이나 수습기자들은 실망할 것이다. 하지만 저널리즘의 원칙을 포기하고 상업성 기사를 쓰거나 홍보맨이 되라는 얘기는 아니다. '설득의 심리학'을 알아야 한다는 것이다. 노련한 상인은 소비자를 잘 설득해 물건을 팔아먹는다. 기자도 설득력 있는 기사를 써서 독자의 마음을 사로잡아야 한다. 성공적인 세일즈와 기사 작성 과정을 비교해봤다.

1) 주목 끌기
 - 기사에서 : 리드를 참신하게 써서 독자의 흥미를 자극해야 한다.
 - 상점에서 : 상점에 들어가 보고 싶도록 예쁜 간판을 내건다.

2) 안내
 - 기사에서 : 리드에 끌려 기사를 읽기 시작한 독자에게 앞으로 읽게 될 내용이 무엇인지 간략하게 던져준다.
 - 상점에서 : 간판을 보고 들어온 소비자를 친절하게 맞이한다.

3) 구체화
 - 기사에서 : 여러 정보와 관점을 풍성하게 던져준다.

- 상점에서 : 진열 상품을 자세히 소개하는 등, 소비자에게 충분한 정보를 준다.

4) 만족화
- 기사에서 : 분석·평가·전망을 통해 독자의 마음을 일정한 방향으로 이끈다.
- 상점에서 : 물건의 필요성과 가격·품질 면에서 장점을 설명한다.

5) 펀치라인
- 기사에서 : 결론을 맺고 감동·여운을 남긴다.
- 상점에서 : "이걸 사시죠" 하며 강력히 권유한다.

#5. 신문기자는 항상 마감에 쫓긴다

시간이라는 '사냥개'에 발꿈치를 물어뜯기기 일쑤인 사냥감 신세다. 하루하루 기사를 써야 하기에, 글을 다듬고 되새길 시간은 충분하지 않다. 그래서 손이 가는 대로 문장·단어를 택하는 경우가 많다. 평소에 자신의 글을 주의 깊게 들여다보지 않으면 같은 실수를 되풀이하기 십상이다.

지금까지 신문 기사의 최근 흐름과 기본 원칙, 독자 설득 요령 등을 살펴봤다. 마지막으로 문장·단어·표현의 문제점을 정리해본다. 예문은 최근 몇 년 새 중앙 일간지 등에 실린 기사에서 뽑아낸 것들이다.

1) 한자어를 남발한다

한자를 쓰면 의미가 명확해질 때가 많다. 하지만 너무 자주, 상투적으로 쓰는 게 문제다. 되도록 한글로 바꿔 쓰는 연습을 하면 좋다.

- 표본을 '추출했다' → 뽑았다
- 목표를 '성취했다' → 이루어냈다
- 서류를 '제출했다' → 냈다
- '합격 통지했다' → 합격했다고 알려줬다
- '사용 실태를' 조사했다 → 어떻게 쓰고 있는지
- '구입을 문의했다' → 사겠다고 물어봤다

2) 행정·군사 용어를 삼가자

일선 기자는 출입처에서 보도자료를 참고해 기사를 쓸 때가 많다. 자연스럽게 공무원이 쓴 용어에 익숙해지기 쉽다. 행정 용어에는 관(官)의 시각이 묻어 있다. 여론을 관에 유리한 쪽으로 흐르게 하는 매개체가 될 수 있는 것이다. 또 행정 용어를 남발하면 글이 딱딱해진다. 흐르지 않고 고이게 된다. 군사 용어는 과거 군사독재 시절의 유물이다. 사안을 필요 이상으로 부풀리거나 단순하게 만들 수 있다.

- 서울중앙지검 피의자 구타 사망 사건을… → 서울중앙지검에서 피의자를 때려 숨지게 한 사건을…
- …를 전보 조치했다 → …를 전보했다
- … 인사를 전격적으로 단행했다 → 인사를 했다

－ 상향 조정했다, 하향 조정했다 → 올렸다, 내렸다

－ 농성장에 공권력을 투입했다 → 농성장에 경찰을 들여보냈다

－ 경찰청이 조사한 2002~2004년 '음주 운전 교통사고 발생 건수'를 살펴보면 7, 8월에 음주운전 발생 건수가 늘어난 것으로 드러났다… ⇒ 굳이 밝힐 필요가 없는 '음주 운전 교통사고 발생 건수'라는 보도 자료의 제목을 아무 생각 없이 옮겨 적었다.

3) 문어보다 구어를 먹자

가급적 문어체보다 구어체를 쓰자는 뜻이다. 지나치게 문어체를 고집하다보면 글에서 윤기가 사라진다. 사안을 왜곡할 수도 있다. 특히 따옴표를 써서 대화 내용을 옮길 때는 되도록 구어체를 쓰자.

－ 서울광장에서 응원하던 유모(23)씨는 다음과 같이 말했다. "세계 강호 프랑스와 무승부를 일구어낸 한국 팀이 자랑스럽다."

⇒ 유씨가 진짜 그렇게 말했을까. '프랑스, 축구 강국 아닙니까. 그런 팀과 비겼으니, 한국이 너무 자랑스럽습니다' 정도가 아니었을까.

4) 쪼개 쓰자

되도록 한 문장에는 한 사건만 담자. 글이 늘어지고 꼬이지 않게 하는 비결이다.

－ 전교조 소속 교사가 수업 시간에 병역 및 국기에 대한 경례를 거

부하는 논리를 학생들에게 가르쳤고, 이에 대해 학부모들이 '편향된 가치관 교육'이라고 집단 반발하고 있어 파문이 예상된다 …⇒ 셋으로 쪼갤 수 있다.

  - 한국문화관광연구원의 '2005년 여가실태 조사'에 따르면, 다수의 근로자들은 가장 하고 싶어 하는 여가로 여행(20.5%)을 꼽고 있지만 실제 여가 시간을 TV 시청이나 휴식으로 보내는 등, 주 5일제 실시에도 전반적인 여가 방식은 이전과 크게 달라지지 않은 것으로 드러났다… ⇒ 셋으로 쪼갤 수 있다.

  - 2001년 외래급여 청구 수가 2934건이었던 것에 비해 2003년에는 4599건으로 크게 늘어났고, 요양 급여비용도 2001년 약 4억2900만원이었던 반면 2003년에는 약 7억8700만원을 기록해 큰 폭으로 증가했다 … ⇒ 둘 이상으로 쪼갤 수 있다.

5) 반복을 줄이자

같은 표현이나 단어가 반복되면 글에 대한 흥미가 떨어진다. 지면은 유한하다. 반복은 그만큼 하고 싶은 내용을 갉아먹는 식충(食蟲)이기도 하다.

  - 열린우리당 김근태 의장은 기자회견에서 "…"라고 말했다. 김 의장은 이날 "…"라고 했다. 이는 …것이어서 논란을 부를 것으로 보인다. 김 의장은 또 …했다. 김 의장은 "…"이라고 했다. 김 의장은 북한의 미사일 발사 움직임과 관련 "…"이라고 했다. 김 의장은 개헌 문

제에 대해 "…"이라고 했다. ⇒ '말했다', '했다'는 서술형을 연속해 쓰고 '김 의장'을 반복해 독자를 지루하게 만든다.

- 피부암의 가장 큰 원인은 자외선이다 … 피부암은 화학 물질이나 바이러스 감염 유전으로도 생기지만 주된 원인은 자외선이다. 그러므로 생활 속에서 발암 물질인 자외선을 차단하면 피부암의 발생률을 낮출 수 있다 … ⇒ 자외선이 암의 원인임을 여러 번 반복해 적었다.

6) 익명 속에 숨지 말자

실명은 기사의 신뢰도를 높인다. 그래서 보도문은 실명이 원칙이다. 물론 반드시 익명을 써야 할 경우가 있다. 그럴 때 익명을 쓰면 독자들도 이해한다. 하지만 수고를 덜기 위해, 기자의 주장을 담기 위해 익명을 써선 안 된다.

- 보건복지부 관계자는 …를 주요 내용으로 한 복지 대책을 발표했다… ⇒ 발표한 사람은 보건복지부 장관이었다. 그런데도 '관계자'로 적었다. '한 관계자', '한 측근' 식의 표현은 기사의 신뢰를 떨어뜨린다.

7) 그래픽을 잘 활용하자

수차·기호는 기사의 객관성을 받쳐준다. 하지만 대개 독자는 이를 싫어한다. 복잡한 수차·기호의 제시가 필요하다면 그래픽을 활용한다. 기사 본문은 되도록 줄이고 그 내용을 그래픽에 담는다. 기사 본문과 그래픽의 내용이 겹치지 않도록 주의해야 한다.

- 노인 자살의 원인은 각종 병고에 따른 자살이 49.5%(437건)로 절반을 차지했다. 신병 비관이 38.3%(338건), 자녀 불화 등 가정불화(4.9%), 경제난(3.7%)도 자살 원인이었다 … ⇒ 이 기사에는 그래픽이 붙어 있었다. 그래픽에는 기사에서 밝힌 수치가 모두 들어 있었다. 기사에서 숫자를 빼도 됐었다.

8) 보도문의 최고 키워드는 '독자'와 '현장'이다

읽는 사람의 입장에서 피부에 와 닿게 쓰는 게 좋은 기사다. 관(官)보다는 민(民), 기업보다는 소비자, 자료 내용보다는 현장 위주로 써야 한다.

- 행정자치부는 18일 …를 주요 내용으로 하는 지방세법 개정안을 발표했다 … → 서울시 노원구는 앞으로 한 해 살림살이를 꾸릴 때 …에 관한 지방세법 부분을 꼼꼼히 살펴봐야 할 것 같다. 행정자치부가 내년부터 관련법을 바꾸기 때문이다 …
- 서울경찰청은 18일 취객들을 상대로 100여 차례에 걸쳐 강도 살인을 저지른…. → 회사원 김홍길씨(41)는 18일 서울 송파구 송파동에서 술을 마시고 나오다 큰 변을 당했다 …
- 장마가 끝나고 본격적인 피서철이 다가오자 8월부터 음주 사고 방지를 위해 경찰청이 집중 음주 단속에 나섰다 … → 8월에는 특히 음주운전을 삼가야 할 것으로 보인다. 경찰이 집중 단속에 들어가기 때문이다 …

기자들 사이에 이런 우스개가 있다.

'기자가 기사만 안 쓰면 최고 직업이다.'

직업 기자에게도 글쓰기는 항상 어렵고 힘든 작업이다. 뭔가를 간절히 쓰고 싶다가도 항상 탈고하고 나면 아쉬움이 남는다. 펜을 버리는 순간까지 글과 씨름해야 하는 게 기자의 운명인지도 모른다. 기사 쓰기에 비법은 없다. 지름길 역시 없는 것 같다. 오직 반복과 연습만이 갈 길이다.

오늘도 신문기자는 기사를 쓴다.

논설위원실의 풍경과 사설·칼럼쓰기

박 래 부

논설위원이 쓰는 글은 사설과 칼럼이다. 그 신문의 주장과 논조, 편집·제작 방향을 보여주는 사설과 칼럼은 주요하고 무게가 실린 글이다. 사설과 칼럼 면은 1면과 함께 그 신문을 대표하는 또 하나의 얼굴이라고도 말할 수 있다. 신문사에서 가장 직접적으로 의제 설정 기능과 게이트 키핑 기능 등을 담당하는 글이기 때문이다.

사설은 논설위원실 회의를 통해 주제와 집필 방향이 정해진다. 회의를 통해 집필 방향이 조율되기 때문에, 개인의 견해보다는 회사를 대표하는 주장이 반영된다. 회의에서는 다양한 주제가 거론되고 걸러지며, 또한 선택된 주제를 어떻게 쓸 것인가를 두고 여러 견해가 제시된다. 민감한 사안일 경우 때로는 치열한 찬반 토론이 벌어지기도 한다.

논설위원의 개인 칼럼은 당사자 책임 아래 쓰여지는 것이 보편적

「한국일보」 논설실장. 국민대 법학과, 한양대 언론정보대학원 졸업. 1978년 「한국일보」 입사. 사회부, 외신부, 문화부를 두루 거쳤다. 저서로는, 「한국의 명화」, 「김훈·박래부의 문학기행-제비는 푸른 하늘 다 구경하고」, 「작가의 방」 등. 이 글에서 인용된 사설과 칼럼은 필자가 「한국일보」에 쓴 것임을 밝혀둠. 이메일 주소는 parkrb@hk.co.kr.

관례다. 회사의 입장보다는 개인의 성향이 더 드러나며, 더 자유로운 형식과 내용, 주장이 담긴다. 그렇더라도 넓은 범위에서는 회사의 논조를 벗어나기 힘들다.

간혹 논설위원이 특별한 주제와 관련된 일반 기사 취재에 나설 때도 있지만, 이는 드문 예외다.

1. 논설위원실의 구성

대부분의 신문사에서 논설위원실은 주필 혹은 주간, 논설위원 등 오랜 경력을 지닌 10명 내외의 기자들로 구성돼 있다. 외부에 전문적 영역을 담당할 객원논설위원을 두는 회사도 있다. 논설위원은 정치·경제·사회·문화·체육 등 각자의 전문 영역이 있고 또 좀 더 세분되기도 한다. 비중이 크고 다루는 빈도가 높을 경우 한 영역을 2~3명이 같이 담당하는 경우가 많다.

방송사의 경우는 해설위원이 해설을 통해 자사의 주장을 편다. 그러나 오락 기능까지 포함돼 있는 TV·라디오 방송사의 특성상, 뉴스에 대한 논평 기능은 신문사만큼 적극적이지 않다.

2. 논설위원실 회의

조간 신문사 논설위원실 회의를 예로 설명하고자 한다.

회의는 오전 10~11시 사이와, 오후 1시 반부터 2시 사이 등, 하루

논설위원들이 오전회의를 하고 있다   ⓒ 한국일보

두 번 정도 열린다. 회의 시간은 대개 편집국 부장 회의 시간을 고려하여 정해진다. 회의가 열리기 전에 논설위원들은 그 날짜의 여러 신문에서 담당 분야를 꼼꼼히 읽지만, 담당하지 않은 분야까지 대강의 흐름을 파악해 둔다. 그래야 회의에서 특정 주제가 거론될 때 자신의 의견을 피력할 수 있다.

오전 회의를 통해 그날 쓸 주제와 집필 방향, 집필자가 정해지지만 상황에 따라 오후 회의에서 다른 주제로 바뀌는 경우도 흔하다. 담당 논설위원이 쓰고자 하는 특정 사안이나 사건의 개요와 의미 등을 설명하고, 다른 분야를 담당한 논설위원도 자유롭게 자기 의견을 펴거나 보탬으로써, 주제를 선정하고 방향을 수렴해 간다.

한국의 신문들은 대부분 2편의 사설을 싣다가, 2000년을 전후해 3

편을 싣는 것을 보편화했다. 이는 한국 신문이 주로 세로쓰기 체제인 일본 신문을 모델로 제작되다가 가로쓰기를 하게 되었고, 또한 사설·오피니언 면을 강화한 것과 관련이 크다. 이 변화는 미국 신문을 모델로 한 것이기도 하다.

몇 편의 사설을 실을 것인가, 분량을 어떻게 조절할 것인가도 이 회의에서 결정한다. 일본 신문들은 지금도 보통 2편의 사설을 싣는다. 한국 신문들은 2편에서 3편으로 사설을 늘리는 과정에서 1편의 글 분량을 줄였다. 지금은 동일한 분량으로 3편을 싣는 경우, 대개 1편당 900~1000자 정도를 쓴다. 그러나 좀 더 중요한 사안이 있을 경우 1편은 길게, 2편은 짧게 쓰는데, 아예 처음부터 2편으로 정하는 예도 드물지 않다.

또한 새해 첫날이나 그 신문 창간일에 맞춘 신년 사설, 창간 사설 등 특별 사설은 1편만으로 좀 더 웅대하고 심도 있는 주장을 펼치기도 한다.

3. 사설 쓰기

사설에서 중요한 것은 명쾌한 분석과 균형 감각, 명징한 주장이다. 이것들 못지않게 권위지일수록 철학과 주장의 일관성을 유지해야 한다. 또한 사건·사안의 핵심과 본질을 놓치지 않고 냉철한 문장에 의존하되, 경력 많은 기자가 쓴 글답게 설득력과 논라·품위·미학 등을 갖춰야 한다. 상투적이고 진부한 표현은 피하는 것이 좋다.

한 논설위원이 대장을 읽으며 교열을 보고 있다. ⓒ 한국일보

1) 일반 사설

　주장을 설득력 있게 전달해야 하는 사설 쓰기는 사실 전달에 중점을 두는 일반 기사 쓰기와 비교할 때 결코 쉽지 않다. 우선 짧은 글 속에서, 복잡한 주제의 요점을 독자에게 쉽고 명료하게 이해시켜야 하기 때문이다. 사실 분석과 논리적 접근, 분명한 결론이 물 흐르듯 자연스럽게 이어지게 하려면 많은 글쓰기 경험과 노력이 필요하다.

　짧은 글이지만 사설에도 서론과 본론, 결론 같은 형식이 요구된다. 서론에서 문제 제기를 하고, 본론에서 사안을 분석·증명한 후 단정을 내리고, 결론에서 주장과 대안을 제시하는 방식이 가장 무난하고 일반적인 방식이다. 그러나 사설 쓰기는 일반 논문과 달리 광범한 독자층의 이해와 공감을 불러일으켜야 하는 감성적 작업이기도 하므로, 매번 같은 방식에 의존할 수는 없다.

　실제로 사설을 쓸 때 이런 서론-본론-결론 구조를 생각은 하지만,

그것을 논문처럼 엄격하게 적용하며 쓰지는 않는다. 오히려 앞부분에 결론에 해당하는 주장을 내세우는 경우도 흔하다. 짧은 글에서 앞부분에 결론의 일부를 내비치고 증명 단계를 거쳐, 다시 결론에서 보다 본격적인 주장을 내세울 수 있기 때문에 자주 이용되는 방식이기도 하다. 이런 방식의 사설 예를 들어 본다. 프랑스가 약탈해 간 외규장각 도서를 반환하는 대신 국내에서 전시하기로 한 문제를 다룬 사설이다.

외규장각 도서, 전시로는 안 된다(2006. 6. 10)

140년 전 프랑스에 약탈당한 외규장각 도서가 우리에게 가까워졌다. 외규장각 도서 내용이 디지털화하여 열람이 편리하게 되고, 9월에는 한국에서 이 도서들의 전시회가 열릴 예정이다. 병인양요 때 프랑스군은 강화도를 침략해 6,000여 종의 도서와 의궤 중에서 297권을 빼앗아갔고, 나머지 도서는 불타 버렸다. 프랑스에 빼앗긴 책 중 한국에 없는 유일본은 63권이나 된다. 우리는 1993년 프랑스 고속철 구입의 미끼로 단 1권만 돌려받았을 뿐이다.

그 뒤 프랑스와 지지부진하게 진행된 도서 반환 협상에 비춰볼 때, 이번 디지털화와 전시회는 의미가 없지 않다. 전시회를 통해 만날 수 있고, 열람을 원하는 이는 인터넷으로 보게 되었다. 그러나 이것이 우리의 최종 목표는 아니다. 전시회도 나름대로 의미가 있지만, 우리는 온전하게 반환받길 원한다. (중략)

최근 북관대첩비에 이어 일본으로부터 '오대산사고본 조선왕조실록'을 반환받기로 합의되었다. 또한 러시아 정부는 10년 협상 끝에 2차 대전 때 약탈한 루벤스의 명화 등 문화재를 독일에 반환키로 함으로써 문화재 반환의 국제적 기류가 싹트고 있다. 사실상 우리가 이른 시일 안에 프랑스로부터 고서 반환을 기대하기는 어렵더라도, 결코 현 단계로 만족해서도 안 된다. 시간이 걸리더라도 반

드시 돌려받고, 또한 돌려주어야 마땅하다는 점을 한불 양 국민이
새겨둬야 할 것이다.

　서론–본론–결론 형식을 따르지 않고, 아예 '결론부터 말하면…' 식
으로 주장을 앞에 내세우는 방식도 있다. 이렇게 쓰면 논리 전개가 많
이 수월해진다. 일종의 연역법적 방식을 차용해서 증명하려는 사실들
을 차례로 나열할 수 있기 때문이다. 이 방식이 편리하기는 하지만,
비교적 단조로운 방식이기도 해서 글 읽는 재미를 주는 데는 미흡한
단점도 있다.
　비슷한 방식으로, 자기주장을 '첫째…', '둘째…', '셋째…' 등으로 나
열하는 사설 혹은 칼럼 쓰기도 있다. 이런 식은 논리적으로 분명하기
는 하지만, 딱딱하거나 진부한 느낌을 준다. 따라서 필자에게는 편리
하나 독자에게는 지루해 보인다.
　A라는 주장에 대한 반대론을 펴고자 하는 사설은 '주장 A의 소개
→ 이에 대한 반박 → 자기 주장 겸 결론'의 순서로 전개하는 것이 일
반적이고 자주 이용되는 구조다.
　또 B라는 현상을 옹호 내지는 찬성하고자 할 때, B에 대한 부정적
견해를 먼저 소개한 다음, 다시 부정적 견해가 안고 있는 문제나 모순
을 열거하고, 결론적으로 B에 대한 옹호나 긍정을 전개하는 방식도
많이 쓰인다.
　사설은 무게나 강도의 차이는 있으나 대부분 찬성과 반대의 입장을
깔고 쓴다. 앞에 긍정이 오면 뒤에 부정을, 반대로 앞에 부정이 오면
뒤에 긍정을 배치하게 된다. 이는 사설의 균형성과 객관성을 유지하기

위한 최소한의 장치일 것이다.

사설 쓰기에서 많이 고려하게 되는 부분이 사실(fact) 부분과 주장의 배분 문제다. 어느 정도 사실을 설명하고, 가치 판단 혹은 자기주장을 어느 크기로 할까 하는 고민이다. 사설에서도 사실은 매우 중요하므로 정직하고 객관적으로 제시되어야 하기 때문이다.

모든 독자가 알고 있을 정도의 큰 사안이면 사실의 나열은 당연히 적어야 한다. 반면 잘 알려져 있지 않으나 주요하게 다루고자 하는 사안은 독자의 이해를 위해 사실 관계가 보다 많은 부분을 차지해야 할 것이다.

그러나 많은 사설의 경우 이 중간에 해당하므로, 사실과 주장의 배분이 숙제가 된다. 사실 부분이 너무 적으면 자칫 관념적이거나 권위주의적으로 비쳐 공감을 얻기 힘들고, 반대로 너무 많으면 성의가 적어 보이거나 주장이 약한 사설로 보이기 쉽다. 중요한 것은 사실을 얼마나 요령 있게 요약·전달함으로써 독자의 이해를 도우면서 주장을 펼 것인가 하는 점이다.

수필형 사설도 있다. 엄숙한 어법의 평범한 틀에서 벗어나 보다 감성적으로 접근하려는 시도다. 에세이형 사설에서는 글맛이 느껴져야 한다. 이런 사설이 많이 쓰이지는 않지만, 독자에 대한 서비스 차원에서라도 자주 시도할 만하다.

한글날 세종대왕을 생각한다(2004.10.9)

나라 말이 중국과 다른 것이 오히려 다행이었다. 말이 한자와 통하지 않아 불편한 백성의 고충을 헤아린 세종대왕은 얼마나 자상

한 성군이었던가. 세종은 즉위 4년부터 활자체 개량을 지휘하여 25년에 집현전 학자들과 함께 훈민정음을 반포했다. 세계사에 어느 제왕도 비판을 무릅쓰고 왕자까지 참여시켜가며, 또 본인은 눈병으로 고통 받으며 글을 창제한 이는 없다.

우리 후손은 훈민정음의 향기롭고 풍부한 자양을 마음껏 누리고 있다. 한글은 겨레의 마음에서 단연 국보 1호다. 한글의 우수성과 편리성은 민주주의와 함께 입증되었고, 미래 지향성은 점점 더 찬란한 빛을 뿜고 있다. 한글문화의 위력으로 우리는 일제 강점기를 이겨냈고, 컴퓨터 시대에는 세계적 정보통신 강국이 되어 있다. 복잡하고 까다로운 문자를 지닌 중국과 일본은 컴퓨터 이용에서 우리와 경쟁이 안 된다.

그러나 558돌 한글날을 맞아 한글 유공자가 표창되는 반면, 시내버스에 영문자를 남발하고 'Hi Seoul! 시민 good 아이디어 공모' 광고를 낸 서울시가 지난해에 이어 '으뜸 훼방꾼'으로 꼽히기도 한다… (후략)

2) 특별 사설

신문들은 새해 첫날이나 자사의 창간 기념일, 대통령 취임일 등 의미가 큰 날에 특별 사설을 싣는다. 특별 사설은 단일한 주제 아래 사회적으로 전하고자 하는 메시지가 큰 사설을 말한다. 단일한 주제 아래 쓰이더라도, 거기 담기는 내용은 다양하고 풍성하다. 흔히 '통 사설'이라고도 불리는 특별 사설에는 큰 제목과 작은 제목이 함께 붙거나, 중간 제목이 달리기도 한다.

새해 첫날의 특별 사설은 주필이나 주간이 대표 집필하는 경우가 많다. 미리 여러 논설위원에게 특별 사설에서 다뤄져야 할 내용과 방향, 희망사항, 강조점 등을 주문한 후 취합해서 대표로 쓰게 된다.

광복 몇 십 주년 기념일이나 대통령 취임일 등에는 정치·경제·사회·문화 등을 아우르는 특별 사설이 쓰인다. 그날의 특성에 맞추되 좀 더 거시적이고 웅장함을 갖춘 글로 독자에게 새로운 희망을 느끼게 한다.

창간 기념일 등의 특별 사설은 대표 집필할 논설위원이 별도로 정해져, 흔히 그 신문의 걸어온 발자취와 사명감, 당면 과제, 계획과 포부 등을 독자와 사회를 향해 다시 한 번 밝힌다. 보통 이 경우 사실적 면과 추상적 면을 조화시킨 사설이 등장한다. 일반 사설보다 긴 호흡으로 써야 한다.

창간 50주년 아침에 – 독자께 드리는 편지(2004. 6. 9)

오늘로 「한국일보」가 역사적인 창간 50주년을 맞았습니다.

반세기 전, 우리 민족은 전후(戰後)의 폐허 위에 던져져 있었습니다. 암울한 실의와 혼란으로부터 새 희망을 열기 위해, 백상(百想) 장기영(張基榮) 발행인과 창간 언론인들은 자유언론의 기치를 높이 치켜들었습니다. 그들은 민주주의와 자유경제, 문화입국을 표방하면서 '녹색 신문' 「한국일보」의 전통을 세웠습니다.

그 후 50년은 민족이 숨 가쁘게 달려온 날들이었습니다. 나라와 사회가 경이로울 정도로 발전되었습니다. 정치민주화와 경제 선진화를 이룩했고, 문화강국이 되었습니다. 우리의 성장은 세계인들로부터 '기적'이라는 평가도 받았습니다. 체육 분야에서도 1988년 서울 올림픽과 2002년 월드컵 축구대회 같은 환희의 날들이 함께 하며, 국위를 선양시켰습니다.

「한국일보」의 50년은 이런 역사의 격동기를 기록하고 증언하며, 나아갈 방향을 가리키는 것이었습니다. 독자 여러분과 더불어, 모든 빛나는 민족발전의 길에 동반자 역할을 한 점이 자랑스럽습니다. 밝음 뒷편에, 어둡고 고통스런 면도 있었습니다… (후략)

3) 변형 사설

사설과 칼럼의 중간 형태가 있다. 사설보다는 형식이 자유로우나 칼럼보다는 제한을 받는, 변형 사설이다. 전에는 변형 사설에 논설위원 이름을 표시하지 않았으나, 요즘은 대부분 표시하고 있다.

논설위원들은 변형 사설 쓰기가 일반 사설 쓰기보다 어렵다고 말한다. 각 신문사의 전통에 따라 변형 사설의 성격도 다소 차이를 보이지만, 다루는 내용과 문체가 연성(軟性)이고 감성적이라는 공통점을 지닌다. 또한 풍성한 자료를 인용하거나 문학적 접근을 함으로써 독자의 지적·교양적 욕구를 충족 시켜주고자 한다. 딱딱한 기사나 논평이 주종을 이루는 신문에서 일종의 '쉬어가는 난'이기도 하다.

변형 사설은 글의 기승전결 과정을 ▨ ▲ △ 등의 기호로 구분함으로써, 형식적 완결성을 추구하는 글쓰기의 묘미를 보태기도 한다.

변형 사설의 운영이나 형식 또한 일본 신문의 영향을 받은 것이다. 이를테면 일본 「아사히신문」의 '텐세이진고(天聲人語)'에 해당하는 변형 사설은 「한국일보」의 경우 '지평선'이다. 「뉴욕타임스」 같은 미국 신문들은 이런 난을 운영하지 않으나, 일반 사설 가운데 연성 사설을 실어 유사한 기능을 담당하고 있다.

지평선/ 월드컵 단상(2006. 6. 23)

월드컵 대회는 지리학 시간이다. 먼 곳의 국가들이 TV를 통해 불현듯 집안으로 들어선다. 낯선 국명과 인종도 많다. 세르비아 몬테네그로(유럽. 인구 1,065만)는 옛 유고슬라비아 땅에 세워진 국가다. 그러나 월드컵 직전 몬테네그로가 다시 분리·독립했다. 코트디부아르(서아프리카. 1,732만)와 트리니다드토바고(카리브해 연안. 110만) 등은 더 귀에 익지 않다. 우리와 같은 조인 토고(서아프리카. 542만)만 해도 대회 전 까지는 그런 나라가 있는 줄도 몰랐다. 현재 유엔 가입국은 191개국에 이른다. 작은 국토와 인구에도 불구하고, 세계의 오지에서 32개국만 다투는 월드컵 본선에 진출한 그 나라 선수들이 퍽 장해 보인다.

▨ 월드컵 경기장은 커다란 화원 같다. 선수와 응원단의 피부색은 달라도 모두 당당하다. 어느 꽃밭에도 미운 꽃은 없다. 소박하고 기품 있고 화려하고 유혹적인 꽃들이 저마다의 특색으로 아름다울 뿐이다. 국가(國歌)의 선율도 각기 웅장하거나 씩씩하고, 선수들의 유니폼은 다채롭다. 월드컵은 인종 간 뜨겁게 경쟁하면서도 흔쾌히 어우러지는 축제다. 경기장은 지구를 하나의 스포츠로 녹이는 용광로가 된다.

▨ 월드컵은 평소 얼굴 보기 힘들던 식구들도 한자리에 불러 모은다. 또한 외로운 가족과 가족을 한데 뭉치게 하고, 동네와 동네가 합쳐 거리 응원을 펼치게 한다. 젊은 연인들에게는 붉은 옷차림에 머리에는 뿔 장식을 달고 거리로 달려가게 한다. 때 맞춰 한국에 관광 온 외국인도 서투른 한국말로 '대~한민국!'을 목청껏 외치게 한다. 우리도 언제쯤 축구 실력을 키워 '말~레이시아!' '싱~가포르!'를 목이 쉬도록 외쳐 보려나. '붉은 악마'가 되어 대리 만족이라도 해보자.

▨ 월드컵은 세계전쟁이 될 수 없다. 전쟁의 무모함을 일깨워주거

나 오히려 싸움의 충동을 잠재우는 가상의 전쟁놀이이며, 세계평화다. 축구에 패배하더라도 승리를 앗아 간 상대국에 대한 미움은 미구에 사라진다. 한국 때문에 본선에 못 나가는 것 같던 중국은 어느덧 한국의 선전에 박수와 환호를 보낸다. 영원한 라이벌 같던 일본이 처절하게 패할 땐 우리 가슴 한 쪽이 아프다. 하여, 월드컵은 이웃 나라들을 보다 가깝게 만들고, 먼 나라에 대해서는 따스한 이해를 심어 준다.

4. 문체와 제목

사설은 냉철한 분석과 엄정한 주장을 담고 있어야 한다. 신랄하고 예리한 비판이 담겨야 하지만, 문장은 기본적 품위와 예의를 잃지 말아야 한다. 주장을 강하게 내세우기 위해 고답적이고 권위주의적인 문체가 쓰이기도 한다.

그러나 이런 사설 쓰기는 가급적 피하는 것이 좋다. 전체적으로 독자가 이해하기 쉽도록 문장이 간결하고 주장이 분명해야 한다. 「한국일보」 논설위원실에는 '사설은 쉽게 써야 한다. 사설 제목은 시와 같아야 한다'는 장기영 창업주의 말이 붓글씨에 담겨 전해지고 있다.

칼럼보다 사설에서 주의해야 할 점은, 필자 개인이 드러나지 않기 때문에 감정 과잉이나 야비한 어법으로 흐르게 되는 충동을 자제해야 한다. 품위를 잃지 않고 균형 잡힌 시각과 문장이 더 설득력을 지니며 독자를 끌어들인다.

짧고 논리적인 글쓰기를 할 때, 접속사 사용은 많이 자제하는 것이 좋다. '그러나', '그러면', '한편' 등의 접속사를 사용하면 뜻이 보다 명료해질 수는 있다. 그러나 접속사를 사용하지 않더라도 의미 전달에 무리가 없으면 짧은 글에서는 접속사를 자제하는 것이 글을 깔끔하고 경제적이고, 힘 있어 보이게 한다.

사설 제목은 더 깊은 함축성을 담기 때문에 일반 기사보다 중요성이 커진다. 제목은 주로 주필이 단다. 해당 논설위원이 사설과 함께 가제목을 달아 넘기면 주필이 다른 사설들과의 조화나 균형 등을 고려하여 제목을 단다.

한국 신문의 제목은 설명적이거나 직설적인 경향을 보인다. 제목에서부터 주장을 강하게 드러낸다. 이에 비해 일본과 미국의 신문들은 중립적이거나 제목에서 가치 판단을 배제하는 경향이 있다.

2006년 6월 26일자
「중앙일보」; 한·미 FTA를 하지 않겠다는 것인가 / 태극전사들에게 격려의 박수를 보낸다 / '장군님의 전사'가 활개 친 6.15 축전
「한겨레신문」; 대법관 청문회, 내실과 수준 갖춰야 / 월드컵 열정을 일상 속으로 / 예사롭지 않은 경제주체들의 체감경기 위축
「한국일보」; 월드컵 에너지를 통합의 동력으로 / 현대차 노사는 국민 여론을 경청하라 / 수준 높은 대법관 청문회를 기대한다

2006년 6월 24일자
「아사히신문」; 고1 방화살인- 피할 곳은 없었는가 / 월드컵 패배
- 실력 차가 컸다

5. 칼럼 쓰기

기자나 논설위원 등 신문사 내부의 칼럼 쓰기와, 외부 필진의 칼럼
이 있다. 한국 신문에서는 최근 외부 칼럼니스트들의 활약이 두드러지
고 있다. 대학 교수나 변호사 등 전문가들이 '칼럼니스트'라는 이름으
로 고정 집필하기도 하고, 한시적으로도 여론 형성에 기여하고 있다.
여기서는 논설위원의 칼럼 쓰기에 대해 살핀다.

1) 칼럼을 사설과 같은 구조로 쓰는 것은 바람직하지 않다. 사설은
보통 짧은 구조 속에서 주장을 효과적으로 전개하고 설득력 있게 결
론을 맺는다. 그러나 사설보다 칼럼에서는 쓰는 이의 주관이나 주장,
독특한 전개 구조, 개성적 표현이 더 자유롭고 강하게 드러난다.

2) 독자가 비교적 긴 글인 칼럼에 대해 도중에 흥미를 잃어버리지 않
게 하기 위해서는 여러 가지 방법이 동원된다. 그 대표적인 것이 문학
적 글쓰기와 분석적 글쓰기일 것이다. 만약 칼럼을 사설과 같은 구조로
쓰면서 분량만 늘여놓을 때, 독자는 흥미의 끈을 놓아 버리기 쉽다.

3) 우선 기승전결(起承轉結)이 분명해야 글의 흐름이 유연해진다.
문학적 글쓰기를 택한다면 특히 도입 부분(起)이 참신할 때 인상적인
글쓰기에 유리하다. 명언이나 경구 등을 인용하는 경우도 적지 않으

나, 너무 남발하거나 인용구가 진부하게 되면 상투적이라는 인상을 심어 놓게 된다.

4) 선배 중에는 "신문기자가 되었다고 사회과학 서적을 읽기보다 문학 서적을 많이 읽어라. 표현력이 중요하다"고 강조한 이도 있었다. 기자직은 기본적으로 글쓰기에 의존해야 하는 직업이므로, 문학 기사를 쓰는 것이 아니더라도 바탕에는 문학적 글쓰기에 대한 고려가 있어야 한다.

5) 그러나 또한 문학적인 글을 너무 강조하면 메시지가 가벼워지고, 반면 문학적 표현에 너무 무신경하면 설득력이 줄어드는 점을 유의해야 한다. 바꿔 말하면, 글이 너무 싱겁거나 짜지지 않도록 간을 맞춰야 한다. 자기 식의 개성적 표현법을 추구하는 것도 바람직하며, 내용의 성격에 따라 분위기의 경중을 잡아가는 것도 잊지 말아야 한다.

6) 너무 비비 꼬거나, 냉소적이거나, 야비하다고 독자가 받아들일 수 있는 표현은 절제해야 한다. 신랄해야 할 때 신랄하지만 분노의 표현이더라도, 냉철함으로 절제되고 엄정한 분노이어야 한다.

7) 가장 많이 사용되는 칼럼 방식은 분석적 글쓰기다. 사건이나 사안을 심층적으로 분석하고 대안을 제시하는 것이다. 전문가답게 이때 정확하고도 귀한 자료를 인용하게 되면, 문학적 글쓰기 못지않게 큰 설득력을 지니게 된다.

8) 사설이나 칼럼을 쓰기 위해 논설위원들은 평소에 타인의 글을 많이 읽고 자료를 스크랩해 놓는다. 물론 문학적 글쓰기와 분석적 쓰기가 적절히 배합되면 더욱 좋다.

「박래부 칼럼」 칼에 보석을 박을 때(2006. 3. 21)

로마 군대는 장수들이 칼에 보석을 박기 시작했을 때부터 패망으로 치달았다. 나폴레옹 군대도 아프리카 전투에서 갑옷이 무겁다고 불평하기 시작했을 때부터 패퇴가 예고돼 있었다고 한다. 냉철한 판단과 자제력은 엄정한 정신 위에서 유지된다. 엄정한 정신은 도덕성의 다른 이름이기도 하다. 이해찬 총리의 정치적 추락은 골프채에서 비롯된 것으로 보인다. 그가 골프를 가까이하기 시작했을 때, 그의 도덕성은 추락의 길로 접어들었을 것이다.

골프 배척론까지는 아니지만, 골프는 정치인이 즐기기에는 적당하지 않은 스포츠다. 골프는 장시간 팀을 이뤄야 하는 경기이며, 그 패에는 부적절한 인물이 끼어들기 십상이다. 이 전 총리의 경우가 그러해 보인다. 정치권의 도덕적 타락이 못 볼 지경인데도, 정치인들만 못 느끼고 있는 듯하다. 한나라당 사무총장 최연희 의원의 여기자 성추행 사건은 뒤이은 골프사건 덕을 톡톡히 보고 있다.

최 의원의 추락은 한나라당 간부가 조·중·동 기자들과 술잔을 부딪치는 밀실에서 시작됐을 것이다. 한 여론조사에 따르면 이 총리는 52.8%가 사퇴해야 한다고 응답했고, 최 의원은 78.3%가 의원직 사퇴에 손을 들었다. 정부 여당은 이 총리 사건의 도덕성 추락을 부끄러워하고 반성하기보다, 지방선거에 미치는 영향을 더 걱정하고 집착했다. 도덕적 무신경은 한나라당에서도 같은 형태로 나타난다. (후략)

모든 기자는 마감 시간에 쫓긴다. '마감 시간에 쫓기지 않은 명문 없다'는 말도 전해 온다. 제 이름에 명예를 걸고 좋은 칼럼을 쓰고자 욕심을 낼 때, 이는 피를 말리는 작업이라고도 표현된다. 그러나 개인 칼럼을 지니고 있다는 것은 이를 보상받을 만큼 명예로운 일이기도 하다.

특파원의 취재영역과 글쓰기

이 도 운

워싱턴 특파원의 역할은 시대에 따라, 소속사에 따라, 그리고 기자 개인의 생각에 따라 달라질 것이다. 그러나 1990년대 말 이후 한국의 국제적 위상이 높아지고, 북한 핵 문제가 국제사회의 핵심 이슈가 되고, 한미 동맹에도 변화가 오기 시작하면서 워싱턴 특파원의 역할도 더욱 중요해지고 있다. 이 글은 지난 2004년 7월 서울신문의 워싱턴 특파원으로 부임해서 2006년 11월까지의 취재 경험을 바탕으로 작성한 것이다.

한미 관계의 현주소를 확인한 취재

2005년 6월초. 서울의 국방부 출입기자로부터 연락이 왔다. 리처드 롤리스 미 국방부 아시아태평양 담당 부차관보가 홍석현 주미대사를

「서울신문」 워싱턴 특파원. 연세대 정치외교학과 졸업한 후, 미국 University of Colorado 대학원을 졸업했다. 「서울신문」 사회부, 정치부 기자를 거쳐 2004. 7~현재까지 워싱턴 특파원으로 근무 중이다. 1995년 관훈클럽 국제보도상(시베리아 북한 벌목공 현지 취재), 2005년 한국카톨릭매스컴상(인권선진국으로 가는 길)을 수상했다. 이메일 주소는 dawn@seoul.co.kr.

만났는데, 분위기가 심각했다는 말이 들린다는 것이었다. 직감적으로 기사의 냄새가 났다. 그 당시는 한국과 미국이 동북아 균형자론과 주한미군의 전략적 유연성, 작전계획 5029 추진 등을 둘러싸고 사사건건 대립하면서 '동맹 위기론'까지 흘러나오던 시점이다. 한미 양국의 고위 당국자들은 공식적으로 "동맹관계에 문제가 없다."고 목소리를 높였지만 물밑에서는 치열한 줄다리기를 진행하고 있었다. 특히 6월11일 워싱턴에서 열리는 노무현 대통령과 조지 부시 대통령간의 정상회담을 앞두고 첨예한 한미 국방 현안들을 어떻게 정리할 것인가에 관심이 모아지는 시점이었다. 따라서 롤리스 부차관보가 홍 대사를 만났다면 정상회담과 관련한 중요한 메시지 전달이 있었을 것으로 능히 짐작할 수 있었다.

우선 외곽에서 롤리스 부차관보와 홍 대사의 면담 날짜와 참석자부터 확인했다. 날짜는 5월31일. 시간은 오후 4시. 참석자는 대사관 고위관계자들과 펜타곤의 한반도 담당 핵심 관계자들이 대부분 포함돼 있었다. 참석자 한 사람 한 사람을 접촉해 대화 내용을 확인하기 시작했다. 직접 만나고 전화를 하고, 이메일을 보내기도 했다. 처음 접촉한 사람에게 한 마디를 들으면 그것을 지렛대로 삼아 다음 사람에게는 두 마디를 듣는 식이었다. 예상했던 대로 롤리스 부차관보는 홍 대사와의 면담에서 매우 강한 어조로 우리 정부에 대한 불만을 쏟아냈다. 그는 "동북아 균형자론과 한미동맹은 양립할 수 없다."면서 "동맹을 바꾸고 싶으면 언제든지 말하라."고 말했다. 또 "주한미군이 철수해야 하는 상황이 올 수도 있다."는 말까지 한 것으로 확인됐다.

겉으로는 좋다는 한미관계의 현주소가 어느 정도인지 그 면담을 통해 적나라하게 확인된 것이다. 취재 결과를 기사로 쓰면서 형식을 조금 바꿨다. 스트레이트 기사지만 면담의 현장감을 살리기 위해 박스 형식으로 기사를 썼다. 기사는 6월9일자에 1면 톱으로 올라갔다. 기사가 나오자 서울의 외교통상부와 국방부, 청와대 등은 발칵 뒤집혔다. 워싱턴에서는 기사의 취재원을 밝혀내려는 집요한 노력들이 잇따랐다. 대사관에서는 "도대체 국익은 생각도 안 해보고 기사를 쓰느냐?"고 힐난하는 외교관도 있었다. 국내의 거의 모든 언론이 이 기사를 인용했다. 이후 롤리스 부차관보와 홍 대사의 면담 결과는 현실로 반영됐다. 한국이 주장했던 동북아균형자론은 슬그머니 사라지고, 미국이 내세운 주한미군의 전략적유연성은 성취됐다. 주한미군 철수론은 계속 불씨가 살아있는 상태다.

이 기사 때문에 본의 아니게 피해를 입게 된 사람들도 몇 명 생겼다. 주요 취재원으로 지목돼 서울로부터 강력한 경고를 받은 것이다. 반면 이 기사로 얻게 된 부수적인 소득들도 있었다. 이 기사의 파장을 기억하는 '소식통'들이 이따금씩 연락을 해와 비슷한 취재에 도움이 되는 정보를 주곤 했다.

네오콘(신보수주의자) 관계자 단독보도로 한미 양국 큰 파장

2004년 11월 미국의 대통령 선거는 미국 뿐만 아니라 한국을 포함

한·미 간에 파장을 불러온 필자의 기사 ⓒ서울신문

한 국제사회 전체의 커다란 관심사였다. 선거는 결국 민주당의 존 케리 후보와 박빙의 승부를 벌이던 부시 대통령의 승리로 결말이 났다. 선거가 끝난 뒤 워싱턴의 한반도 전문가들로부터 부시 2기 행정부의 한반도 정책 전망을 들어보는 것은 공식과도 같은 취재였다. 그 당시 인터뷰한 예닐곱 명의 한반도 전문가들 가운데 미국기업연구소(AEI)의 니콜라스 에버스타트 선임연구원이 포함돼 있었다. 한반도 관련 세미나에서 몇 차례 만났던 에버스타트 연구원은 전형적인 하버드대 출신의 수재로, 말은 어눌하지만 핵심을 정확히 짚어내는 인물이라는 인상을 받았다. 에버스타트 연구원은 인터뷰에서 부시 2기 행정부의 한미 관계를 매우 어렵게 전망했다. 뿐만 아니라 "청와대가 부시 대통령의 낙선을 원했다."면서 "원한다면 낙선을 원한 인사들의 이름까지 대겠다."고 직격탄을 날렸다.

인터뷰가 끝난 뒤 에버스타트 연구원은 발언은 단순히 한미관계를 전망하는 박스 기사에 넣을 것이 아니라 워싱턴 조야의 대 청와대 의식을 보여주는 별도의 스트레이트 기사가 돼야 한다는 생각이 들었다. 에버스타트 연구원은 부시 행정부의 대외정책에 절대적인 영향력을 행사하는 것으로 알려졌던 네오콘(신보수주의자)의 일원으로, 정부 밖에서 네오콘의 정책을 말이나 글로 후원하는 역할을 해왔기 때문이다. 그날 밤 데스크와 상의하니 나의 생각과 같았다. 기사는 11월10일자 1면 톱으로 게재됐다. "부시 낙선 원한 靑인사 다 안다."는 자극적인 문구가 제목으로 뽑혔다. 다음날 인터넷에서부터 난리가 났다. 댓글이 2000개가 넘어가는 것을 본 것 같고, 수많은 이메일이 왔다. 기사의 내용에 불만을 갖고 에버스타트 연구원뿐만 아니라 나를 비판하는 이들도 많았다. 우리나라 대부분의 언론이 한미관계를 전망하면서 이 기사를 인용했다. 우리 정부 관계자들은 나에게 에버스타트가 어떤 대목에서 어떤 부분을 어떻게 얘기했는가를 세세하게 문의했다.

며칠 뒤 에버스타트 연구원이 부시의 낙선을 원한 것으로 지목했던 인사 가운데 한 사람이 워싱턴을 방문했다. 특파원들과의 간담회 자리에서 그 기사 얘기가 나왔고, 그 인사는 강한 불쾌감을 표시했다. 에버스타트 연구원도 며칠 뒤 이메일을 보내와 자기의 발언이 이렇게까지 큰 파장을 일으킬지 몰랐다고 했다. 한국 정부에 비판적인 워싱턴 사람들로부터 인사를 많이 받은 눈치였다. 그런데 이 기사는 전혀 뜻하지 않았던 현상을 야기하는 결과를 가져온 것 같다. 워싱턴 사정에 정통한 한 인사는 그 기사가 나오기 전까지 한반도 전문가가 대놓고 청와대를 공격하는 일은 없었다고 말했다. 한반도 전문가들은 아무래도 한국 정부와의 관계도 고려하기 때문이다. 그러나 에버스타트 연구원이 청와대를 공격해 서울과 워싱턴에서 크게 주목을 받자 물꼬가 터진 듯 한국 정부를 공격하는 한반도 전문가들, 심지어 정부 관리들이 생겨나기 시작했다는 것이다. 한편, 에버스타트 연구원은 이 인터뷰 등의 여파로 한국의 국제교류재단으로 받아오던 저술 지원을 2005년부터 받지 못하게 됐다.

"한 · 미, 스크린쿼터 축소 합의" 보도 후 미국의 항의

2005년 4월13일. 미국 무역대표부(USTR)의 홍보 담당인 니나 무르자니로부터 이메일과 전화가 왔다. "문제가 생겼으니 한번 만나야겠다."는 내용이었다. 무슨 문제인지 짐작이 갔다. 4월9일자 우리 신문에 "한 · 미, 스크린쿼터 축소 합의"라는 기사가 1면 톱으로 게재됐던 것이다. 당시는 한미 양국이 자유무역협정(FTA) 체결을 앞두고 스크린쿼터와 농산물 개방, 제약회사 가격 규정, 쇠고기 수입 등을 놓고 치열한 샅바싸움을 벌이던 때였다. 특히 스크린쿼터의 축소나 폐지를 막기 위해 한국 영화계는 '스타 파워'를 총동원한 여론몰이에 들어가 있었다. 그런 민감한 시점에 양측이 스크린쿼터 축소에 합의했다는 기사가 나오자 한미 정부 모두가 곤혹스럽지 않을 수 없었다.

다음날 오전 백악관 서쪽 길 건너편에 자리 잡은 USTR 청사에 도착했다. 무르자니는 4층 에이미 잭슨 부대표보의 사무실로 안내했다.

'스크린쿼터' 파장을 몰고 온 워싱턴발 기사 ⓒ서울신문

잭슨 부대표보는 USTR에서 한국을 전담하는 최고위 인사였다. 잭슨은 회의용 탁자 위에 세 개의 문서를 나란히 올려놓고 있었다. 하나는 내가 쓴 기사 원문, 또 하나는 그 기사를 번역한 영문, 다른 하나는 무르자니가 스크린쿼터와 관련한 나의 질문에 USTR 한국 담당자들로부터 들은 답변을 정리해 알려줬던 이메일이었다. 잭슨은 내가 쓴 기사에 무르자니가 답변한 내용이 잘못 인용돼 있다고 점잖지만 단호한 어조로 지적했다. 기사 가운데 "지난달 24,25일 워싱턴에서 열린 한·미 통상회담에서 미국측은 한국 정부에 구체적인 스크린 쿼터 축소안을 제시해달라고 요구했다."는 부분이 있다. 나는 무르자니의 답변에 있는 Ask라는 단어를 '요구했다'로 번역해 썼는데, 잭슨은 Ask가 '문의했다'는 의미였다는 것이다. 말하자면 Ask For가 아니고 Ask About이었다는 것이다.

70

그리고 다른 인용 부분들도 원래의 답변 의도보다 '강하게' 해석된 부분이 있다고 항의했다. 이 때문에 마치 미국 정부가 한국 정부에 엄청난 압력이라도 넣는 것처럼 비쳐졌다는 것이다. 문득 "언어분석철학 논쟁이라도 하자는 것인가?"라는 생각이 떠오르기도 했다. 그러나 이럴 때일수록 냉정하고 정직해지는 것이 정답이라는 것을 10여 년 동안의 취재경험을 통해 체득하고 있었다. 나는 잭슨에게 USTR만이 이 기사의 취재원이 아니라는 사실을 설명하고, 그러나 인용된 부분에 단어 하나하나(Word By Word)가 정확하게 번역되지 않은 점은 인정하고 사과한다고 말했다. 잭슨은 나의 말을 듣고 다소 표정이 풀리는 듯했다. 잭슨과 무르자니는 "만일 이 기자가 잘못을 인정하지 않았다면 앞으로 관계를 끊으려 했다."면서 "사과를 했으니 앞으로도 계속 같이 일하자."고 말했다. USTR을 방문한지 몇 달 되지 않아 한국 정부는 실제로 스크린쿼터 축소 방침을 발표했다.

독도 발언과 국무부의 공식 항의

2005년 3월16일 밤. 워싱턴 지역 한인회의 간부에게 전화를 걸었다. 그날 저녁 미 국무부의 외교관 두 명이 한인회와 간담회를 가졌다. 국무부가 한인회 사람들을 만난 것은 전례가 거의 없는 일이었다. 그 행사는 조지 부시 미 행정부가 이라크 전 이후 모색해온 대민홍보 외교 (Public Diplomacy) 차원에서 이뤄진 행사였다. 한인회 간부에게 "좋은 얘기들 많이 나눴느냐?"고 물었더니 의외의 답변이 나왔다.

"참석자들이 불만이 많았다."는 것이다.

당시 한국과 일본은 독도 영유권 문제로 치열한 감정적, 외교적 싸움을 벌이고 있었다. 일본의 노골적인 독도 영유권 주장 행태에 우리 국민이 모두가 분노하던 시점이었다. 그날 행사에서도 한인회 간부 한 사람이 "독도에 대한 미국 정부의 입장은 무엇이냐?"고 물었다고 한다. 이에 대해 미 외교관은 미국 정부의 공식 입장을 설명했다. 원래 미 정부가 갖고 있는 입장이었다. 그런데 문제는 미 정부의 공식입장이란 것이 우리가 듣기에는 꼭 일본을 두둔하는 것처럼 들린다는 것이다. 미국은 독도나 다케시마라는 용어를 피하기 위해 '리안쿠르'라는 용어를 쓰지만, 그 용어도 일본이 국제사회에서 사용하는 것이다. 미국의 공식 입장이 만들어질 때 아무래도 일본의 입장이 많이 반영됐다는 것이다.

이 간부와 통화를 마친 뒤 다른 참석자들에게도 전화를 해봤다. 똑같은 말들을 했다. 그 가운데 교포 언론인 한 사람은 "이번 일은 반드시 기사를 써서 기록을 남겨야 한다."고 흥분을 감추지 않았다. 이 행사에 참석한 미 외교관 가운데 선임자는 한국계로 곧 주한대사관 부임을 앞둔 Y씨였다. 그 때문에 참석자들은 더욱 섭섭함을 느꼈던 것 같다. 어쨌든 참석자들에게 들은 내용을 토대로 기사를 작성해 보냈다. 기사가 가판에 나오자마자 네이버와 다음 같은 포털 사이트에 올라가면서 '난리'가 났다. 주한 미국대사관 홈페이지도 미국을 비난하는 네티즌들의 항의 글이 많이 올라갔다고 한다. 다음날 미국대사관측은 문제가 심각하다고 보고 서울 외교통상부 기자실에 "미국이 독도 문

한·미·일 간의 '독도문제'를 기사화한 사례 ⓒ서울신문

제와 관련, 일본을 두둔한 적이 없다."는 해명서를 보냈다. 그러나 그 해명 내용을 읽어본 외교부 출입기자들은 "바로 이 같은 해명 내용이 일본을 두둔하는 것"이라고 또다시 비판하는 기사를 쓰기도 했다.

　그 다음날 오전. 국무부 동아시아태평양국의 켄 베일리스 언론담당 관으로부터 전화가 왔다. 평소에는 친절한 그였지만 이날은 목소리가 가라앉아 있었다. "행사에 참석하지도 않고 어떻게 그런 기사를 쓰느 냐? 최소한 Y씨에게 발언 내용을 확인했어야 하는 것 아니냐."는 항 의였다. 옳은 지적이었다. 확인하지 않은 것은 잘못이었다. 항의는 그 밖에도 여러 곳에서 왔다. 워싱턴 지역에서 발행되는 신문에 나를 비 판하는 기사까지 게재됐다고 동료 특파원이 알려주기도 했다. 서울에 서도 여러 곳에서 연락이 왔다. 내가 소송을 당할 것이라는 경고도 있었다. Y씨가 학력과 경력이 좋고 인품도 훌륭해서 한국인으로서는 드물게 국무부의 고위직에 오르게 됐는데 왜 그런 기사로 앞길을 막느냐는 지적도 있었다. 사실은 그 점이 가장 마음에 걸렸다.

Y씨와 친분이 있는 서울의 한 정치권 인사가 Y씨의 휴대폰 전화번호를 알려줬다. 전화를 했더니 오레곤에 출장 중이었다. 나는 남을 비판해놓고 다음날 아무 일 없다는 듯이 웃으며 그 사람을 대할 수 있는 성격이 못된다. 전화를 해놓고도 쭈뼛쭈뼛 제대로 말을 잇지 못했다. 대화가 잘 이어지지 못했다. 어쨌든 다음날 Y씨가 한인회와의 만남에서 독도와 관련해 일본 입장을 두둔한 적이 없으며, 미국 정부의 공식 입장을 설명한 것뿐이라는 해명 기사를 보냈다. 데스크는 그 기사를 싣고 싶어 하지 않았지만, 해명은 최대한 써주는 것이 바람직하지 않느냐고 설득했다. 결국 세 문장으로 이뤄진 1단짜리 기사가 19일자 국제면에 '숨은 듯이' 게재됐다. 그로부터 얼마 뒤 누군가의 집에서 Y씨를 직접 만나게 됐다. 그 때는 웃으며 인사도 하고 와인도 마시고 했지만 Y씨의 마음의 앙금이 사라졌다고는 기대하지 않는다.

기사 때문에 피해를 입는 사람이 생길 때마다 기자 생활에 대한 회의를 느끼게 된다. 워싱턴에서도 본의 아니게 그런 일들이 종종 생길 수밖에 없다. 또 한국에서도 기사와 관련해 정부 부처들로부터 항의를 받은 것이 한 두 번이 아니지만, 외국에 나와 외국의 정부 기관들로부터 강력한 항의를 받게 되면 국내에 있는 것과는 다른 차원의 압박감을 느끼게 된다.

특파원의 취재 영역과 취재원

원론적으로 말하면 워싱턴 특파원은 미국에서 일어나는 모든 일을 다룰 수 있다. 실제로 갖가지 종류의 기사를 쓴다. 그러나 역시 가장 중요한 취재 영역은 한미관계와 북미관계라고 할 수 있다. 뉴욕 특파원은 월스트리트와 브로드웨이를 중심으로 한 경제와 문화를 많이 다루고, 로스앤젤레스 특파원은 교민 사회와 헐리우드의 대중문화, 산호세의 실리콘 밸리 등이 주요한 취재 대상인 것 같다.

대통령 선거나 자연재해 등 미국에 커다란 사건이 발생하거나 한국에서 관심을 가질 만한 현안이 생기면 출장을 가기도 한다. 지금까지 출장을 다녀온 지역을 정리해보면 ▲하버드대(매사추세츠 주 케임브리지), 예일대(코넥티컷 주 뉴헤이븐), 프린스턴대(뉴저지 주 프린스턴), MIT(매사추세츠 주 케임브리지), 뉴욕대(뉴욕시) ▲하인즈 워드와 어머니 김영희 씨가 사는 조지아 주 아틀랜타 ▲초대형 허리케인 카트리나가 휩쓸었던 루이지애나 주 뉴올리언스 ▲미국의 이라크전을 총지휘하는 중부사령부가 자리잡은 플로리자 주 템파 ▲현대 자동차 공장이 문을 연 앨라배마 주 몽고메리 ▲미국 의회 중간선거를 취재했던 미네소타 주의 주요 도시들 ▲미국 민주당 전당대회가 열렸던 매사추세츠 주 보스턴 ▲공화당 전당대회가 열렸던 미국 뉴욕시 등이다.

미국의 정부 부처 가운데 주요 취재 대상은 국무부와 백악관, 국방부이다. 국무부는 매일 정오 쯤 정례 브리핑을 한다. 여기서 대외관계에 대한 미 정부의 공식 입장이 나온다. 국무부 정례 브리핑의 단골

각 신문의 특파원이 송고한 보도사례 ⓒ 박상건

메뉴 가운데 하나가 북한 문제이다. 지난해 정례 브리핑을 통해 거론된 대외 현안의 통계를 내보니 역시 이라크, 이란, 팔레스타인, 이스라엘 등 중동 문제가 압도적으로 많았고, 중국과 북한 문제가 다음 순서였다. 국무부에서 한국을 다루는 부서는 동아시아태평양국의 한국과이다. 동아태국에는 중국, 일본, 몽골, 호주·뉴질랜드 등의 담당 과들이 있지만 한국과가 가장 크다. 한미 관계가 있는데다, 북한 핵 문제가 중요한 이슈이기 때문이다.

한국과에는 과장을 포함해 모두 20명 정도의 직원이 근무한다. 2006년말 현재 한국과장은 한국계인 김성용 씨이다. 김 과장 말고도 북한팀장인 김유리 씨를 포함해 한국계 미국인이 3명이나 된다. 또 다수의 한국과 직원이 한국인과 결혼했거나, 한국어를 하거나, 한국에서 근무한 경험이 있는 지한파들이다. 동아태국이나 한국과 직원들과는 공적으로, 사적으로 만날 기회가 많다. 국무부에서 동아태국이나 한국과 차원의 리셉션이 자주 열리며 이곳에서 한국과 직원들을 자연스럽게 만날 기회가 있다. 또 개인적으로 연락을 해서 오찬이나 만찬

알림

신임 워싱턴,도쿄 특파원 후보자 지원을 다음과 같이 받습니다.

효과적이고 투명한 방법으로 가장 훌륭한 특파원을 선발하기 위해 편집국장,편집부국장 4인,기자협회 대한매일 분회장.
국제팀장등 7명으로 편집국 특파원 선발위원회를 한시적으로 설치,운영하고 다음의 일정으로 특파원 후보자 지원을 받습니다.

1.지원시한

2월 13일(화) 오후 5시까지

2.지원대상

신임 워싱턴,도쿄 특파원

3.지원자격

직급과 근무연한에 관계없이 모든 편집국 기자 및 논설위원실 논설위원

4.선발일정

2월 14일(수) 오후 선발위원회 심사회의에서 선정, 발표함

5.지원방법

A4 용지 1-2장분량의 자기소개서를 특파원선발위원장인 최흥운 편집국장에게 제출 (자기소개서에는 이력,경력,특파원으로서의 활동 포부와 계획,자신의 장단점등을 소개). 타천도 가능함. 자기소개서 외에 사나 추천안의 추천서도 첨부가능

6.선정방법

취재력,전문성(어학 및 국제정세에 대한 전문지식),취재경력,인성(자질 및 사명감)등 4개분야로 나누어 객관적으로 평가함.

2001년 2월 9일
편집국장 최흥운

특파원 적임자 선발을 위한 대한매일(현 서울신문) 후보자 지원 공고 ⓒ박상건

을 하며 취재를 하기도 한다. 아무래도 비공식적인 자리에서 만나면 좀 더 깊은 얘기가 오갈 수 있는 것은 서울이나 워싱턴이나 마찬가지 다.

국방부에도 국제안보 담당 차관보실에 아시아태평양국과 한국과가 있다. 국무부 관리들처럼 자주 만나지는 못하지만 국방부의 한국 담당 관리나 군인들과 공적, 사적으로 만날 기회가 있다. 한번 인연을 맺으면 전화나 이메일로도 취재가 가능하다. 백악관에서는 국가안보회의 (NSC)가 한국과 관련된 업무가 많은 부서이다. 현안이 있으면 주로 NSC 대변인에게 전화를 한다. 그밖에 비공식적으로 누구를 취재하는

가는 개인의 역량에 달려있다.

그밖에 USTR이나 재무부, 재난관리처(FEMA), 중앙정보국(CIA), 연방수사국(FBI) 등 다른 미국의 정부 기관들이나 국제통화기금(IMF), 세계은행(WB) 등 국제기구도 취재 대상이 될 수 있다. 이런 기관들은 현안이 생길 때마다 그때그때 접근해서 취재한다. 부처마다 언론 담당자들이 있기 때문에 기본적인 의문은 해소할 수 있고, 필요에 따라 사람을 만날 기회들이 생긴다. 의회에서 열리는 청문회도 특파원들이 관심을 기울여야 한다. 한미관계나 북한 핵 문제와 관련한 청문회들이 자주 열린다. 청문회 자리에서는 평소에 만나기 어려운 미 정부 고위 관리들을 만날 수 있다. 청문회 전후에 이들과 짧게나마 만나 한 마디씩 듣는 것이 미 정부의 입장을 이해하는 데 큰 도움이 된다.

워싱턴에 밀집한 싱크탱크는 사람들을 만나는 '네트워킹'의 장소로 이용된다. 한반도 관련 세미나가 열리면 워싱턴의 한반도 전문가들과 미 정부 관리들, 언론인들이 모인다. 워싱턴의 한반도 전문가는 적게 잡으면 15~20명, 크게 잡으면 300명 정도로 파악된다. 워싱턴의 주미 한국대사관은 각종 행사에 초청하는 한반도 전문가 명단을 갖고 있다. 10명 짜리, 30명 짜리, 100명 짜리, 300명 짜리 등 행사 성격과 규모에 맞게 초청할 인사들의 명단이 대체로 정해져 있다. 한반도 전문가들은 싱크탱크의 연구원과 전직 외교관, 관리, 의회관계자, 언론인 등이 대부분이다.

싱크탱크나 한반도 전문가들을 통해 비공식적으로 취재할 기회도 생긴다. 어떤 싱크탱크에서 비공식적인 초대장을 보내서 갔더니 평소에 만나기 어려운 백악관 고위관계자와 한반도 문제를 놓고 '라운드 테이블' 토론을 하는 자리였다. 이런 자리는 엄격하게 비 보도를 전제로 한다. 또 관심이 비슷한 한반도 전문가들끼리 비공식적으로 모여 난상토론을 하는 자리도 있다. 이런 모임에 참석하면 한국에 대해 미국 인사들이 어떤 생각을 갖고 있는가를 적나라하게 들을 수 있는 기회를 갖게 된다.

주미대사관도 워싱턴 특파원들이 자주 방문해야 하는 중요한 취재 대상이다. 대사관에는 미 정부와 의회, 통상 관계를 다루는 정무과와 의회과, 경제과가 있고 우리 정부 대부분의 부처가 주재관들을 파견, 미측 카운터파트와 교류하고 있다. 또 한국 사회의 축소판인 교민사회도 취재의 대상이다. 워싱턴 지역의 '코리아 타운'격인 버지니아 주의 애넌데일이 어떤 방향으로 발전해갈지도 관심을 갖고 보게 된다. 교민들은 대부분 한국의 특파원들을 적극적으로 후원해주는 편이다. 일부 교민들은 "특파원들은 어차피 떠날 사람이니 너무 정 주면 안된다."고 말하기도 한다.

취재에 '정도(正道)'가 있다면 그것은 "열심히 하라."는 것이다. 서울이나 워싱턴이나 열심히 다니면 얻는 것이 있다. 2005년 초 부시 대통령의 두 번째 취임식 직후였다. 특별한 기사가 나올 것 같지 않아 참석을 망설였던 행사에 갔다가 누군가로부터 뜻하지 않은 얘기를 들었다. 북한이 완성된 핵무기를 수입했다는 정보를 미 정부가 확인중이라는 것이다. 이를 전해준 인사는 전날 저녁 부시 행정부의 최고위급 인사 두 명을 직접 만났다. 거기서 정보를 들은 것이다. 이 기사는 우

FTA 반대시위가 빈발한 백악관 뒤뜰 앞에서 ⓒ 이도운

리 신문에 게재되자 로이터 등 외신이 인용하면서 30여 개국의 신문에 재인용됐다. 또 한동안 각종 기관과 인사들로부터 취재원이 누구인가를 묻는 질문에 시달려야 했다. 그러나 아직까지도 기사의 내용은 사실로 확인되지 않은 상태다.

특파원의 하루 일과

워싱턴 특파원은 시간과 싸워야 하는 직업이다. 워싱턴과 서울은 하절기에 13시간, 동절기에 14시간의 시차가 생긴다(이하 하절기 기준). 워싱턴에서 날이 저물면 서울에서는 태양이 떠오르기 시작한다. 이 때문에 워싱턴 특파원은 낮에도 일하고 밤에도 일해야 하는 고단한 일과를 소화해야 한다.

서울을 중심으로 보면, 워싱턴 특파원의 하루는 저녁 8시부터 시작된다. 그 때가 서울은 다음날 아침 9시. 편집국 사람들이 출근하는 시간이다. 8시30분까지 그날 취재한 내용을 정리해 쓸 기사를 국제부 인트라넷에 올린다. 8시45분쯤 국제부장에게 전화를 걸어 기사계획에 대해 간단하게 협의한다. 보고가 끝나면 저녁 식사를 하고 잠시 휴식을 취한 뒤 기사와 관련된 자료들을 본다. 보통 기사를 쓰기 시작하는 시간은 밤 12시쯤이다. 새벽 1시가 돼야 서울에서 오후 기사 계획이 나온다. 물론 이 계획도 상황에 따라 변하게 된다.

보통 새벽 2시쯤 기사 작성이 끝난다. 기사를 보내고 잠시 인터넷을 돌아다니며 관심 가는 뉴스를 읽는다. 기사를 본 데스크로부터 별다른 연락이 없으면, 잠자리에 든다. 이따금씩 이런저런 이유로 새벽에 전화가 걸려온다. 그러면 잠을 설칠 수밖에 없다.

아침에 일어나는 시간은 9시쯤이다. 늦게 자도 늦게 일어나기는 쉽지 않다. 해가 떠서 눈도 부시고, 할 일도 많다. 인터넷과 인트라넷을 통해 전날 쓴 기사를 확인하고 그날의 일정을 챙겨본 뒤 점심때쯤 출근을 한다. 사무실은 백악관 부근의 내셔널프레스센터에 있다.

점심 약속이 있는 날은 11시쯤 나가야 한다. 오전이나 오후에 한반도 관련 의회 청문회나 싱크탱크 세미나 등이 있으면 가급적 참석한다. 개인적인 취재 약속은 될 수 있는 대로 오후에 한다. 오전부터 바삐 다니면 밤에 체력이 떨어져 기사 쓰기가 힘들다.

오후 6시부터는 그날 취재한 내용을 정리하고, 미국의 정부 부처나 단체에서 보내온 자료, 미 언론의 보도 등을 훑어보고 그날 쓸 기사를 결정한다. 이렇게 생활하다 보면 일주일이 금새 지나간다. 워싱턴 특파원 생활을 하면서 떠오르는 말이 있다. 식소사번(食小事煩)이다. 먹을 것은 적고 일은 많다는 뜻이다.

미디어전문기자의 역할과 글쓰기

서 정 은

언론을 감시하는 언론, 기자를 감시하는 기자

미디어에 대한 이슈를 보도하고 미디어에 대한 비평을 전문으로 하는 언론, 그리고 그 언론사에서 일하는 기자. 이 둘에게 항상 따라붙는 수식어가 바로 '언론을 감시하는 언론, 기자를 감시하는 기자'라는 말이다. 미디어기자란 미디어에 대한 보도 즉 미디어 관련 이슈, 미디어산업과 미디어비평 등 이른바 '미디어'를 총괄하는 저널리즘을 구현하는 기자라고 정의할 수 있다. 쉽게 말하면 미디어를 취재하고 관련 기사를 쓰는 사람은 모두 미디어기자인 셈이다. 물론 여기에 진정한 '전문성'까지 갖췄다면 미디어전문기자라고 부를 수 있을 것이다.

기자라는 직업적 카테고리로 본다면, 어떤 이슈와 현상에 대해 취재를 하고 기사를 쓰는 일반적인 개념에서 미디어기자도 크게 다르지 않다. 의학전문기자가 의학 분야를 전문적으로 전달하고, 환경전문기자가 환경문제를 심층적으로 보도하듯, 미디어전문기자는 미디어 영역을 전문적으로 다루는 차이만 있을 뿐이다. 그러나 미디어기자들에게

동국대 역사교육과 졸업한 후 「시민의신문」, 「기자협회보」 기자를 거쳐 현재 「미디어오늘」 방송팀장을 맡고 있다. 이메일 주소는 punda@mediatoday.co.kr.

는 앞서 말했듯 '언론과 기자를 감시하고 견제(해야)하는' 속성이 더해진다. 즉 미디어라는 자기 대상과 행위를 스스로 감시하고 비평해야 한다는 점에서 특별한 역할과 의미를 지닌다고 볼 수 있다. 그렇기 때문에 미디어기자는 취재윤리와 도덕성에서 더욱 철저하고 막중한 책임감이 따라다닌다. 남을 비판하는 직업, 특히 언론의 횡포와 부당한 활동을 감시하고, 올바른 여론형성을 가로막는 편파와 왜곡보도를 바로잡는 역할을 해야 한다는 점에서 스스로에게 더욱 엄격한 잣대를 들이대야 하는 것이다.

한 가지 질문을 던져보자. 한국 언론은 우리 사회에서 아직도 '성역' 인가? 아마도 '그렇다'고 생각하는 사람들이 여전히 많을 것이다. 사회 곳곳을 감시하고 올바른 여론을 형성해야 하는 언론이 정작 그 힘을 이용해 부적절한 뒷거래로 권력을 유지해온 것이 부끄럽지만 현실인 탓이다. 언론에 대한 문제제기와 비판을 쉽게 꺼내지 못했던 시절이 분명 있었지만 우리 사회의 민주적 성숙도가 향상되면서 언론도 함께 변화를 겪었다. 시민언론운동이 태동했고 언론을 감시하는 매체들이 생겨났으며 언론 종사자 내부의 고민, 개혁을 위한 실천도 수면 위로 떠올랐다. 시민단체와 진보적인 학자들을 중심으로 언론개혁 운동이 본격화하면서 언론에 대한 사회적 인식이 변화했다. 언론사와 그 종사자들은 더 이상 비판의 사각지대에 안주할 수 없게 된 것이다. 이러한 흐름에 발맞춰 각 신문과 방송에서는 미디어에 대한 보도, 미디어에 대한 비평을 다루기 시작했다.

지상파 DMB 사업자 선정결과를 취재하기 위해 열띤 경쟁을 벌이고 있는 기자들. ⓒ 이창길 기자

　언론이 지면과 방송을 통해 동종업계를 비판하는 보도를 한다는 것은 두 손 들어 환영할 일이다. 하지만 '직업인'으로서의 미디어 기자 입장에서 본다면 언론비평 전문지에서 미디어 관련 이슈를 독점하던 시대가 끝났다는 것을 의미한다. 게다가 요즘은 수많은 매체들이 인터넷을 기반으로 언론 관련, 특히 방송 관련 뉴스를 쏟아내고 있다. 10분전에 방송된 TV 프로그램에서 연예인들이 말한 가십성 이야기들이 바로바로 포털을 통해 유통되고 소비되는 시대가 아닌가. 이런 상황 속에서 매체비평지 기자들은 쉽지 않은 고민에 봉착하게 된다. 수많은 미디어 뉴스 중에서 얼마나 차별화된 양질의 기사를 생산해낼 것인가? 미디어전문기자로서의 올바른 시각과 분석을 어떻게 제대로 반영할 것인가? 아니 수없이 양산되는 각종 '미디어'와 그들을 통해 생산되고 유통되는 각종 콘텐츠를 어떻게 바라볼 것인가?

출입처 취재는 기본…언론분야별 전문성도 필요

「미디어오늘」은 '언론다운 언론'과 '참된 민주사회'를 이룩하겠다는 언론노동자들의 열정과 소망으로 1995년 5월 17일 창간된 언론비평 전문지다. 「미디어오늘」은 2006년 현재 미디어부와 온라인뉴스부 소속 18명의 기자들이 활동하고 있다. 미디어부는 전통적인 신문과 방송 분야을 다루는 신문팀과 방송팀이 있고, 방송통신 융합 관련 이슈를 취재하는 융합팀, 그리고 사진취재를 담당하는 사진팀으로 구성돼 있다. 온라인뉴스부는 정치팀, 경제팀, 사회팀, 그리고 만평팀과 편집팀으로 구성돼 있다. 언론개혁과 사회개혁이라는 두 축을 중심으로 정치, 경제, 사회 분야의 주요 이슈를 미디어 기자의 시각으로 분석해 보도하고 있다.

기자들은 각자의 출입처를 중심으로 정보를 파악하고 관련 기사를 보도한다. 「미디어오늘」 기자들의 출입처는 기본적으로 언론사를 중심으로 이뤄지며 필자의 경우는 현재 KBS, EBS, 경인TV를 담당하고 있다. 그렇지만 미디어의 영역과 지형이 급속도로 변화하는 추세에서 언론사 중심의 전통적인 출입처 개념으로만 접근하는 것은 점차 한계에 직면할 수 밖에 없다. 인터넷 분야에 대한 취재도 과거에는 언론사 자회사인 닷컴을 출입하는 정도였다면 지금은 포털사이트를 비롯해 각종 UCC(이용자 생산 콘텐츠)와 관련 사이트, 블로그와 뉴스의 결합, 통신회사와 인터넷의 결합 등 '미디어'로 정의할 수 있는, 또는 정의가 필요한 서비스들이 놀라운 속도로 변신에 변신을 거듭하고 있다. 뿐만 아니라 지상파, 케이블, 위성으로 대변되던 방송 영역은 점차 다변화되고 있고, 디지털 시대 및 통신과 방송의 융합 속에 DMB, IPTV, 와이브로 등 다양한 뉴미디어의 시대를 예고하고 있다. 디지털 콘텐츠의 유통과 저작권 문제, 올드미디어와 뉴미디어의 조화와 갈등도 언론계의 주요 화두로 떠오르고 있다.

또한 방송을 담당하는 기자들은 방송사별 출입처 외에도 방송뉴스에 대한 저널리즘 영역, 예능프로그램 및 외주사와의 관계를 다루는 엔터테인먼트 영역, 방송정책 및 방송기술 영역 등 방송 전반을 아우르는 부문별 취재 영역도 존재한다. 따라서 언론사별 출입처를 기본으로 담당하되 미디어 관련 영역별로 전문성을 키워 미디어의 변화에 신속하게 대처하는 것 역시 미디어기자들에게 요청되는 부분이다. 이 것은 미디어 지형의 변화와 흐름을 읽어내는 안목이 절대적으로 필요하다는 것을 의미하는 것이기도 하다.

"취재를 당해보니 취재원 심정 알겠다"

미디어기자로 일하면서 이른바 '선수'들을 취재하는 일은 결코 녹록하지 않다. 아직도 '기자와 PD인 내가 왜 다른 사람에게 취재를 당해야 하는지'를 불편해 하거나 불쾌해하는 경우가 적지 않다. 특히 자신이 취재한 기사와 프로그램을 비판하거나 취재과정에서의 언론 윤리를 문제삼는 경우라면 더더욱 그러하다. 일방적으로 전화를 끊어버리

거나, 더 알아보고 질문하라며 고압적인 태도를 보이기도 한다. 남을 비판하는 직업을 가졌으면서도 정작 스스로 비판을 당하는 일에는 참으로 인색한 사람들이 기자들이다. 아마도 본인들이 취재원으로부터 그런 반응을 당했다면, 게다가 그 취재원이 공직자이거나 정치인이었다면 어떻게 대응했을지는 안 봐도 뻔한 일이다.

그렇지만 기자와 PD들은 미디어기자들로부터 취재를 당하면서 일종의 '역지사지'를 경험하게 된다고 털어놓는다. 곤란한 질문을 받고 땀 흘리며 대답해 본 경험, 아는 사실도 숨기고 모르는 척 넘겨야 하는 상황, 자신의 답변이 의도와 달리 편집돼 인용되는 경우, 사전 취재를 충분히 하고 취재를 하는 사람과 아닌 사람의 차이 등등을 취재원의 입장이 되면서 비로소 생생하게 실감을 하게 된다는 것이다. 이러한 경험은 기자들 스스로 자신의 취재윤리와 글쓰기 방식을 되돌아

보게 한다는 점에서 긍정적인 영향을 미친다고 볼 수 있다.

또한 외적인 환경들도 언론과 기자들의 체질 개선을 이끌어내고 있다. 우선 언론을 감시하는 눈들이 늘어났다. 시민단체 특히 언론운동단체들은 정기적인 뉴스 모니터링은 물론 다양한 언론 관련 법·제도를 제안하고 감시하는 활동을 활발하게 펼치고 있다. 「미디어오늘」과 같은 매체비평지 기자들이 각 언론사를 출입하고 있는데다 언론사 내부에서도 문제의식을 갖고 비판적으로 사고하는 기자들이 늘어나고 있다. 언론사는 이제 더 이상 '성역'속에서 보호받는 대상이 아니라 안팎의 감시와 견제를 받는 대상으로 변화했다.

물론 아직까지도 일부 기자들의 경우엔, 자신이 소속된 회사의 이해관계에 충실하며 이를 비판하는 취재활동과 보도에 상당히 민감한 반응을 보이기도 한다. 따라서 미디어기자들은 자신들의 취재원인 기자나 PD들이 소속 언론사의 이해관계에 얼마나 얽매여있고 충실한 사람인지, 아니면 소신에 따라 자기 회사에 대해서도 비판의 목소리를 낼 수 있는 사람인지를 파악해야 한다. 물론 노조와 경영진의 입장이 다르고, 언론사를 둘러싼 다양한 업계와 이해관계자들이 포진해있다. 이들의 서로 다른 주장을 제대로 취재하지 않으면 사안을 바라보는 관점과 태도가 완전히 달라지고 기사의 방향에도 영향을 미치게 된다.

특히 사주가 있는 언론사의 경우 사주 일가와 경영진에 대한 비판 기사가 게재되고 나면 대부분 불편한 관계가 시작된다. 출입 자체가 쉽지 않고, 출입을 한다고 해도 회사의 공식 창구를 통해 정보를 얻는 일조차 힘들어진다. 심지어는 노조 활동을 비판하는 기사를 썼다는 이유로 언론사 노조에서 출입기자의 교체를 요구하는 일도 벌어진다. 회사가 아닌 개인에 대한 비판 기사의 경우에는 '섭섭하다'는 반응에서부터 '앞으로 절대 정보를 주지 않겠다'는 엄포, 더 나아가 '당신이 뭘 알고 이 따위 기사를 쓰느냐, 상대하지 않겠다'라는 험악한 반응까지 나오기도 한다.

사실 이 정도면 양호하다. 언론사간 소송도 심심치 않게 벌어진다. 소송이 제기되면 실제 소송을 당한 기자들은 엄청난 심리적 부담감과 스트레스를 받는 게 사실이다. 취재의 정도를 밟았고 기사 내용에 확신을 갖고 있다고 해도 그동안의 취재 과정을 입증해내기 위해 취재 수첩과 해당 자료를 정리해 제출하고, 변호사를 만나 입증 서류를 만들어내는 일 자체가 기자들을 상당히 지치게 한다.

물론 언론의 잘못된 보도로 명예를 훼손당했다고 생각하는 사람들이 이를 바로잡기 위해 소송을 내는 것은 정당한 자기 보호를 위한 권리이다. 여기에 언론사나 기자들도 예외는 아니다. 그러나 고위 공직자나 정치인들이 툭하면 언론을 상대로 정정보도 신청을 내고, 명예 훼손 소송을 내는 것을 언론자유의 위축이라고 강하게 비판하던 언론들이 정작 자신들을 방어하기 위해 소송을 남발하는 것은 아닌지 점검해 볼 필요가 있다.

기사의 생산과 유통 과정에 주목한다

미디어기자들은 같은 사안을 취재해도 방점을 찍는 분야가 다르다. 언론이 다루는 기사의 내용과 시각뿐만 아니라 그 뉴스가 탄생되는 과정에 초점을 맞추기 때문이다. 취재 뒷이야기는 물론이고, 기자들이 뉴스를 생산하는 방식, 언론사 내부의 편집 과정, 그리고 뉴스의 유통과 각계의 반응까지 면밀히 들여다본다.

얼마 전 KBS 사장 임명 과정을 둘러싸고 한바탕 소용돌이가 있었다. KBS 이사회가 열리는 한 호텔의 연회장에는 정연주 사장의 연임을 반대하는 KBS 노조 집행부와 이를 취재하려는 사진과 카메라 기자들, 이사회와 호텔 측에서 요청한 경찰들이 서로 뒤엉켜 혼잡한 상황을 연출하고 있었다. 각 언론사의 취재기자들은 기본적으로 사건의 진행 상황, 이사회 결과를 일차적으로 보도하겠지만 매체비평지의 미디어기자들은 기자들의 취재 경쟁은 어느 정도인지, 혹시 불미스러운 취재 방해 사태가 발생하지는 않는지, 어떤 언론사가 어떻게 현장을 취재하는지, 다음날 이사회 결과를 보도하는 각 언론의 기사 관점과 내용에 어떤 차이가 있는지 등을 종합적으로 체크해야 한다. 기존 언론에서는 관심있게 다루지 않는 사안들이 매체비평지 기자들에게는 좋은 아이템이 될 수 있기 때문이다.

KBS 이사회처럼 그나마 일정과 장소가 공개되는 행사, 언론관련 각종 집회, 사장 출근저지 투쟁 등 이슈가 되는 현장이 있으면 그곳에 기자가 가서 취재를 하고 보도를 하면 되지만 언론사 내부의 각종 정보, 정책 결정의 논의 과정과 결과, 화제성 또는 가십성 이야기들은 일반적으로 공개되지 않는 경우가 많다. 출입하는 언론사에서 벌어지는 내부 사안들은 담당 기자가 발품을 팔아 사람들을 만나고 직접 챙기는 것 외에는 별다른 방법이 없다. 출고한 기사가 갑자기 편집에서 누락돼 해당 기자가 반발하고 있다던가, 모 정당과 기업에서 출입기자들에게 선물을 돌려 일부는 거절하고 돌려줬다던가, 어떤 술자리에서 부적절한 거래가 오고갔다던가 하는 이야기들은 실제 이 사실을 알고 있는 당사자와 주변 관계자들로부터 제보를 받지 않고서는 쉽게 알아낼 수 없다. 결국 미디어 비평의 필요성과 중요성을 인지하고, 이를 보도하는 미디어기자들에 대한 신뢰가 쌓일 때 이 같은 상시적인 제보 관계가 성립될 수 있다. 언론계 안팎의 다양한 제보를 바탕으로 언론 비평 기사들이 시의적절하고 공정하게 보도될 때, 미디어비평지의 영향력 또한 높아지게 된다고 볼 수 있다.

급변하는 미디어 환경 속에서 '원칙'을 지켜내는 일

'미디어'의 범위와 산업 지형은 점점 복잡다단해지고 있다. 전통적인 올드미디어의 대표격인 신문과 방송도 점점 영향력이 축소되면서 생존을 위한 끊임없이 변신, 영역을 확장해야 하는 경쟁 상황에 처해 있다. 방송과 통신의 융합은 가속화되고 있고, 인터넷과 디지털 콘텐츠를 기반으로 한 뉴미디어와 신규 서비스들이 출몰하고 있다. 이러한 상황은 과연 어디까지가 '뉴스'의 영역이고, '방송'의 영역인지에 대한 개념의 혼재와 사회적 쟁점을 낳고 있다. 미디어와 이를 둘러싼 산업이 점점 확대되고, 새로운 서비스들이 생겨나면서 이를 어떻게 규정하고 바라볼 것인가의 문제가 대두되고 있는 것이다.

미디어 환경의 변화 속도와 흐름은 놀라울 만큼 빨라지고 있다. 그러나 미디어기자들은 그 변화의 속도와 흐름을 얼마나 적절하게, 그리고 정확하게 따라잡고 있는지 스스로 자문해야 한다. 미디어에 대한 비판적 안목이 중요한 것은 미디어가 우리 사회에 미치는 영향이 그만큼 크고 중요하기 때문이다. 시대의 변화를 읽고, 미디어의 흐름을 분석해내며 이 속에서 미디어의 자기 역할과 원칙이 올곧게 설 수 있도록 감시하고 대안을 제시해내는 일. 미디어의 현재와 미래에 대한 사회적 논의를 수면 위로 끌어올리는 일. 이것이야말로 미디어 기자들이 게을리 해서는 안 되는 가장 중요한 원칙이자 역할일 것이다.

의학전문기자의 현주소와 글쓰기

이 성 주

　일반인은 대부분 '의학전문기자'라고 하면 흰 가운을 과감히 벗어던지고 펜대를 잡은, 의사 출신 기자를 떠올린다. 1990년대 초부터 부와 명예가 한꺼번에 보장되는 의사라는 직업을 포기하고 언론사에 취업해 활약하는 기자들이 잇따라 나타나며 생긴 현상이라고 볼 수 있다.

　그러나 의학전문기자 중에는 의사 출신이 아닌 기자도 적지 않다. 한의사·약사·간호사 등의 출신 기자도 의학 분야의 기사를 전담해서 맡곤 한다. 보건 의료 분야의 전문지에서 필명을 떨치다 능력을 인정받고 종합 일간지로 자리를 옮겨 활약하는 기자들도 있다. 다른 기자와 마찬가지로 언론사에 수습 공채로 들어와 여러 부서를 전전하다 의학 분야를 담당해 전문성을 획득한 경우도 적지 않다.

　이들 가운데 일부는 의사 출신 못지않게 전문성을 발휘하며 국민

「동아일보」 의학전문기자 출신. 1992년 「동아일보」에 입사해 14년 동안 기자 생활을 했으며 이 중 8년을 의학팀장으로 근무했다. 「황우석의 나라」, 「대한민국 베스트 닥터」, 「뇌의학으로 본 한국사회」 등 7권의 저서가 있다. 고려대 철학과를 졸업하고 연세대 보건대학원에서 석사 학위를 받았으며 존스홉킨스대에서 1년 동안 초빙 연구원으로 근무했다. 현재 컨버전스 의료 정보 제공업체 (주)코리아메디케어의 대표이사이다. 이메일 주소는 stein33@empal.com.

건강에 영향을 미치고 있다. 일반적으로 의사 출신 기자들이 일반 수습 출신보다는 전문성이 기대되지만, 반드시 그렇지만은 않다는 점이 우리 언론사의 국치로 기록될 '황우석 사태'에서 뚜렷이 입증됐다.

의학 담당 기자 출신

의사 출신이 서울 소재 종합 일간지, 방송국, 통신사의 의학 담당 기자를 맡아 전문기자의 대표선수로 떠오른 것은 1990년대 「중앙일보」의 마케팅 전략에 힘입었다는 것이 언론계의 중론이다. 당시 「중앙일보」는 조간 전환을 앞두고 윤전기의 도입과 증면 경쟁, 경쟁지 보급소 흡수 등 양적 확대 전략과 동시에 섹션 신문, 전문 기자제 등의 도입을 신문의 차별화 전략으로 내세웠으며, 이에 따라 의사 출신 기자들이 전문기자로 부각됐다는 것이다.

이전에도 일부 의사 출신 기자들이 활약했지만 드러내고 전문기자 명함을 내며 활동하지는 못했다. 어쨌거나 「중앙일보」는 이들 의사 출신의 기자에게 방송 출연을 독려하며 마케팅 효과를 극대화했고, 이에 자극받은 언론사들이 앞 다퉈 의사 출신 기자를 영입했다. 의료계에서는 의약분업 사태를 겪으며 의사 집단이 다양한 분야로 진출해야 할 필요성이 제기됐고 의료계의 부익부빈익빈 현상이 의사의 언론계 진출의 촉매 역할을 했다. 물론, 독자와 시청자의 건강 및 의학 정보에 대한 욕구가 이 분야 기사의 질적 향상을 필요로 했다는 점도 의사 출신 기자의 필요성의 한 축을 형성했다.

의사 출신 기자들은 기자 생활을 1년도 못 채우고 원위치로 돌아가곤 하지만 전체적으로 조금씩 늘기 시작해서 2006년 6월 현재 서울에서 발간하는 종합 일간지, 통신사, 방송국에는 모두 7명의 의사 출신 기자가 활약하고 있다. 이 중 5명은 인턴, 레지던트 과정을 마친 전문의 출신이고 2명은 인턴 과정만 마친 일반의 출신이다. 이와는 별도로 「중앙일보」에는 2006년 퇴사한 '스타 기자' 홍혜걸 씨가 객원기자라는 명함으로 건강 칼럼을 쓰고 있다.

일반인은 잘 모르지만 1990년까지만 해도 '의학전문기자'는 곧 의료전문지 출신 기자를 의미했다. 이들은 1980년대 의료 기사의 수요가 갑자기 급증하면서 각 신문사에 진출했다. 현 과학기자협회장인 이기수 「국민일보」 의학전문기자, 보건학 박사인 이준규 「경향신문」 의학전문기자, 스님 출신으로 동시 작가이기도 한 고종관 「중앙일보」 기자 등이 이에 해당한다. 이들은 어려운 의학 정보를 맛깔 나는 문체로 쉽게 소개하면서 의료 정보의 대중화에 기여했다는 평가를 받고 있지만 의료 기사의 지나친 상업화에 일조했다는 비판을 받기도 한다.

수습 출신 중에서도 이 분야에서 수 년 동안 취재를 하며 일가를 이룬 기자들이 있다. 「조선일보」의 임호준 기자가 대표적인데, 임 기자는 이 분야의 전문성을 인정받아 헬스조선닷컴의 대표 역할도 담당하고 있다. 「연합뉴스」의 김길원 기자는 현재 이 분야에서 가장 많은 특종을 하고 있으며, 「한겨레」 안영진, 「서울신문」의 심재억 등의 기자는 공채 출신으로 의미 있는 기사를 뱉어내고 있다.

이들 세 무리의 전문기자와는 별도로 언론사에는 수많은 공채 출신

언 론 사	기 자	비　　　　고
경향신문	이준규	전문지 출신, 보건학 박사
	이은정	과학 전문, 생물학과 출신, 의학 박사
국민일보	이기수	전문지 출신, 현 과학기자협회장
	민태원	의학 전담
동아일보	이나연	일반 기자
	이진한	일반의 출신
문화일보	이진우	일반 기자
서울신문	심재억	의학 전담
세계일보	안용성	일반 기자
연합뉴스	김길원	과학 및 의학 전담
	안은미	전문의 출신
조선일보	임호준	의학 전문, 헬스조선닷컴 대표
	김철중	전문의 출신
	최현묵	일반 기자
	이현주	일반 기자
	장선이	일반 기자
중앙일보	고종관	전문지 출신, 동시 작가
	황세희	전문의 출신
	박태균	식품영양 전문기자, 박사
	홍혜걸	의학 박사, 퇴사 후 객원기자
한국일보	고주희	일반 기자
한겨레신문	안영진	보건 및 의학 전담
	김양중	일반의 출신
KBS	이충헌	전문의 출신
MBC	조문기	일반 기자
	김승환	과학 및 의학 전담
	신재원	전문의 출신
SBS	이찬휘	과학 및 의학 전담, 전 과학기자협회장
	공항진	과학 및 의학 전담
	안영인	과학 및 의학 전담
YTN	김잔디	일반 기자

각 언론사 의학전문기자

의 기자가 의학 기사를 쓰고 있다. 아무래도 전문성이 떨어진다고 할 수 있겠지만, 반드시 그렇다고 단언할 수는 없다.

황우석 사태가 한창 진행되고 있던 2005년 12월 14일자 「조선일보」 전문기자들의 '성체줄기세포 기사'와, 2006년 1월 16~17일자 「중앙일보」의 일반 기자 및 대학생 인턴기자의 같은 분야 기사는 많은 것을 시사한다.

「조선일보」 기사는 의사 출신 전문기자와 오랫동안 과학을 담당한 전문기자 두 명이 쓴 기사로, 대전성모병원에서 척수마비 환자를 대상으로 성체줄기세포 이식 치료법이 응급 임상 형태로 시행 중이며 임상시험에 참가하고 있는 미국인 30대 여성 환자가 "하반신에 감이 온다"며 희망에 젖어 있는 상황을 소개했다.

반면 「중앙일보」의 기사는 일반 공채 출신의 젊은 기자 2명과 대학생 인턴 기자 2명이 성체줄기세포 치료법을 받은 환자 73명의 경과를 추적, 이 치료법의 한계를 지적했다. 20년 동안 앉아만 있다가 2004년 첫 치료를 받고 휠체어에서 일어나 조금이라도 걷게 됐다던 황미순씨(39)가 되레 앉지도 못하게 된 사연도 소개됐다. 수많은 과학자들이 이 기사를 황우석 사태로 나라가 들끓던 두 달 동안 줄기세포와 관련해서 가장 훌륭한 기사로 평가한다.

대부분의 성체줄기세포 치료법은 아직 안전성이 입증되지 않은데다 이 치료법의 고갱이에 있는 벤처기업 사장은 대학병원 교수로 있다가 연구 결과를 날조했다 들켜 쫓겨난 사람이다. 더구나 이 치료법은 과학적 증거보다는 환자의 마지막 소원 들어주기 식으로 이뤄지고 있는 시술이다. 즉, 2003년 5월 식품의약품안전청은 미국 식품의약국(FDA)

의 요건에 따라서 이 치료법의 임상시험 요건을 까다롭게 정했다가 환자와 가족들의 투서가 빗발치자 편법으로 임상시험을 허가했고 이후 부작용이 속출해 소송이 이어지고 있는 현실이었다.

이런 사항은 평소 의료계의 동향에 레이더를 켜고 있는 전문기자라면 당연히 알아야 할 사항이다. 그러나 전문기자보다는 일반 기자, 심지어 인턴기자가 더 문제의 핵심에 접근했다. 이처럼 관련 분야의 전문가보다는 일반 기자가 그 분야의 핵심을 잘 포착한 사례는 무수히 많다. 과학기술 보도에서는 이 점에 대한 연구 결과가 적지 않다. 대부분은 이 분야의 비전공자 출신의 언론인이 취재 과정에 대한 전문성을 갖고 있을 때 취재 과정에 대한 전문성이 떨어지는 전공 출신자보다는 정보 소비자의 관점에 더 잘 부합하는 기사를 생산한다고 결론 내리고 있다(Hansen, 1994; Nelkin, 1987; Seymour-Ure, 1977).

특히 한국의 의사 출신 기자는 의사 집단의 이해에서 벗어나는 기사를 쓰지 않는 특성이 있다. 한국 의사 집단의 폐쇄성은 의사 출신 기자가 자기 집단에 대해 비판적인 기사를 쓰는 것을 어렵게 만드는 측면이 있다. 또 일부 의사 출신 기자는 기사를 통해 의료 환경을 개선하는 것보다 의사 집단에서 각종 자문, 토론을 하며 영향력을 행사하는 것을 더 중시하는 경향이 있다. 굳이 의사가 아니더라도 수 년 동안 의학 분야를 담당하며 의사나 제약회사 고위직 등 특정한 취재원의 숲에 갇혀 지내면 의료 소비자인 독자의 목소리보다 공급자의 집단이기적인 목소리에 동화되기 쉽다.

의학 담당 기자의 생활과 취재 영역

의학 기자라고 해서 다른 분야를 취재하는 기자와 생활이 크게 다르지 않다. 조간신문의 기자라면 오전 9~10시 출입처에 도착해서 그곳에 머무르며 각종 기사를 쓴다. 대부분의 기자는 오후 4~5시경 마감을 하고 신문사에 들어가서 데스크가 자신의 기사를 어떻게 고쳐 지면에 반영됐는지를 확인한 뒤 7~8시 퇴근한다. 이후에 신문사에 남아서 기사를 쓰기도 하고 취재원과 저녁 또는 술자리를 갖기도 한다.

의학전문기자들도 특종 경쟁을 벌이지만 이보다는 기사의 품질로 경쟁하는 측면이 강하다. 건강의료 기사는 경천동지할 특종 기사가 드문데다 질병의 예방, 치료법이 해마다 변할 수가 없기 때문에 지면만 메우려고 생각한다면 이전에 자신이나 다른 기자가 쓴 기사를 첨삭해 기사를 만들어도 거의 표시가 나지 않는다.

반면 이 분야는 모든 생활과 밀접한 관계가 있기 때문에 온갖 분야에서 새로운 형태나 소재의 기사를 쓸려고 마음먹으면 하루 24시간이 절대적으로 부족하다. 외국의 권위 있는 신문이나 의학정보 홈페이지 등을 통해 각종 전문 분야의 새 경향에 발맞춰 가는 것 또한 필요하다.

의학전문기자의 취재원이 제한된 전문가 집단이라는 점도 다른 분야와는 구별되는 특징이다. 이 분야의 취재원으로는 의사, 제약회사, 보건 담당 공무원, 의료 소비자 등이 있다. 의학전문기자는 일반인이 잘 모르는 전문 분야를 다루는데다가 취재원의 풀이 제한적이기 때문

에 자칫하면 취재원과의 유착 관계에 빠져 국민 건강에 해가 되는 기사를 양산할 수 있다.

기본적으로 개원의사나 병원, 제약회사 등은 홍보성 기사에 따라 막대한 매출을 올릴 수 있으므로 기자를 접대하고 수익을 얻으려는 욕구를 갖기 마련이다. 의료전문기자가 이들 취재원의 덫에 갇혀 버리면 홍보성 기사만 쓰는 '3류 기자'가 된다.

필자의 경우 1997년 「동아일보」에서 의학을 맡고 1~2년 동안 온갖 개원의사의 구애를 받았다. 이전에 의사와 접촉한 경험이 없었던 데다가 전문지식도 부족해 근거 없는 홍보 기사를 많이 썼다. 지금 생각해도 낯이 부끄러웠던 기사가 한두 개가 아니다. 3년이 지나며 주로 대학병원의 교수들과 교류하기 시작하면서 이전에 썼던 기사들의 오류를 좀 더 자세히 알게 됐고, 덜 부끄러운 기사를 쓰려고 밤을 새며 노력하다 보니 각 분야의 대가들과 자연스러운 친분 관계가 형성됐다. 주요한 사안에 대해 대가들에게 전화를 몇 통만 걸면 실마리를 풀 수 있는 단계에 이른 것이다.

하지만 이 단계에서 자칫하면 의료 소비자의 목소리에서 멀어질 수가 있다. 필자는 이를 경계하고 진정한 소비자의 관점에서 기사를 쓰는 데에는 크게 성공한 것 같지는 않다. 안타깝게도 많은 의학전문기자가 개원의사나 병원, 관련 회사의 덫에 갇혀 다음 단계로 넘어가지 못하고 있다.

일부 의학전문기자는 전문성의 함정에 빠져 언론의 역할을 포기하고 있는 것은 아닌지 의심이 든다. 많은 기자가 '의학기자의 전문성'을 난해한 용어를 쉽게 풀이하는 것 정도로 오해하고 있지만 의학전문기자는 이 분야의 여론을 바른 방향으로 이끌고 언제라도 환자 편에서 과잉 의료나 돌팔이와 싸울 준비가 돼 있어야 한다.

그러나 그런 기자가 드물다. 실례로 2005~2006년 대한민국을 요동치게 했던 황우석 사태에서 의료전문기자는 도무지 찾을 수가 없었다. 전문기자 중 누구 하나 황 교수 사태의 문제를 짚어 여론화한 기자가 없었다. 오히려 몇몇 기자는 황 교수의 대변인 역할에 충실했다. 고비 때마다 황 교수 측의 주장을 검증이나 여과 없이 그대로 전달한 전문기자는 수두룩했고, 한 의사 출신 기자는 TV 방송의 시사토론회에서 "국익을 위해서 진실을 덮어야 한다"고 고함을 지르기도 했다.

사실 언론사에서 전문기자라는 용어 자체가 있다는 것이 슬픈 코미디일지도 모른다. 모든 기자는 전문가가 돼야 한다. 전문가가 아니면서 어떻게 특정 사안을 해설하는 기사를 쓴단 말인가. 필자의 경험으로는 전문가가 되는 길은 그리 어렵지 않다. 현안에 대해 늘 궁금증을 갖고 전문가들에게 묻고 또 물으면 된다. 황우석 사태에서도 기자가 전문지식이 없어 오보를 양산한 것이 아니다.

현대 의학에서는 급격한 세분화·전문화로 인해서 노벨상을 받은 특

난치병 치료·신약개발 加速 길 튼다

복제개 2·3호 출산 意味·展望

보니·피스 복제과정

성공하기까지

스너피와 내년 자연교배 2세로 질병연구
실험동물 대량공급 6조원시장 선정 기대
복제성공률 25%로 높여 상용화 가능성

**"세계최고기술 재입증 위해
스너피 때보다 훨씬 강행군"**

의학전문기자가 의료인의 관심만 대변하면 이는 이미 기사가 아니다

정 분야의 대가들도 의학 전반에 대한 전문적인 지식을 갖추는 것은
불가능해졌다. 하물며 의학전문기자가 온갖 분야에 통달하는 것은 기
대할 수 없는 일이다.

　다만 기자는 언제든지 궁금증을 갖고 누구에게나 무엇이든 물을 수
있다. 특히 수 년 동안 의학전문기자로 열심히 근무했다면 자신이 쓰
려는 분야의 뛰어난 전문가들이 누구인지는 꿰뚫고 있어야 한다. 「뉴
욕타임스」 등 세계적 권위지의 과학 기사가 전문적이고 깊이가 있는
것은 기자가 늘 오류 가능성을 염두에 두고 그 방면의 최고 전문가들
에게 묻고 또 묻기 때문이다.

의학전문기자의 글쓰기

　필자는 언론사 재직 시절 후배기자들에게, 훌륭한 기자가 훌륭한

기사를 쓰고 재미있는 기자가 재미있는 기사를 쓰고 경박한 기자가 경박한 기사를 쓴다고 늘 말했다. 마찬가지로 훌륭한 품격의 교양인이 훌륭한 기자가 되고, 훌륭한 기자가 훌륭한 의학전문기자 되기 마련이며, 훌륭한 의학전문기자가 훌륭한 의학 기사를 쓴다.

품격은 끊임없는 수양으로 형성된다. 좋은 의학전문기자가 되려면 늘 다방면에 걸친 책을 가까이 하며, 세상을 향한 더듬이를 세우고 있어야 한다.

특히 의학 분야의 주요 저서는 놓치지 말아야 하며 외국의 주요 신문과도 발맞춰 가야 한다. 자신이 모르는 분야에 대해서는 언제라도 전문가를 찾아가 공부해야 한다. 필자는 미국 연수와 타 부서 배치 등으로 의학 분야를 떠나 있을 때 황우석 사태를 지켜보며, 우리나라의 어떤 의학전문기자도 줄기세포의 세계적 흐름에 대해 대충이라도 공부해 아는 사람이 없다는 점에 가슴 아팠다.

필자는 의학전문기자로 활동할 때 미국의 유레칼러트 등 의료전문 홈페이지 세 곳과 「뉴욕타임스」, 「ABC」, 「CBS」, 「CNN」 방송, 영국의 「BBC」 방송의 홈페이지는 매일 체크했다. 그곳에서 주요하게 취급한 내용 중에 모르는 분야가 있으면 기사 작성 여부와 상관없이 관련 분야의 대가들을 찾아가 궁금증을 풀었다. 3년 이상 꼬박 이렇게 공부하다보니 의사들도 자신의 전공 분야 외에 궁금한 점이 있으면 필자에게 묻는 단계가 됐다.

아마 일반 공채 출신의 기자는 이렇게 힘을 들여야 의학 분야에서 어섯눈이 뜨이겠지만 의사나 전문지 출신은 이런 작업이 좀 더 수월

할 것이다. 이렇게 의학전문기자로서의 기틀을 잡았다고 하면 매 순간 기사를 쓸 때 의료 소비자를 염두에 둬야 한다. 의학 기사도 하나의 상품이라고 본다면 공급자에 함몰되면 시장에서 실패하기 마련이다. 의학전문기자가 의료인의 관심만 대변하면 이는 이미 기사가 아니다. 늘 소비자 중심에 선다는 자세로 항상 일반인들에게 무엇이 궁금한가를 물어야 하며, 그들의 관심에 따라 기사의 주제를 정하는 자세가 필요하다.

소재를 정할 때뿐만 아니라 취재할 때에도 자칫하면 취재원의 얘기만 듣기 십상인데, 그것만으로 기사를 구성해서는 안 된다. 취재원의 코멘트를 받은 뒤에도 '그것이 뻔한 이야기인가', '이 정보가 실질적으로 도움이 되는 정보인가' 등에 대해서 주위의 지인이나 가족, 환자 등 의료 소비자와 끊임없이 피드백을 유지해야 한다.

필자는 늘 환자나 일반인의 얼굴을 떠올리며 기사를 썼는데, 기사가 쉽고 유연해지는 데에 큰 도움이 된 듯하다. 기사 내용이 감기나 피로 등 일반적인 것이라면 동료 기자나 친구에게 e메일을 통해 무엇이 궁금한지 묻는 것도 좋다. 기사에 넣을 정보에 대해 적절하고 다양한 취재원에게 묻는 것도 중요하다. 의학 기사도 다른 기사와 마찬가지로 취재원의 풀(Pool)이 적으면 적을수록 편향될 위험이 커지게 마련이다.

또 의사는 자신 없는 부분은 얘기해주지 않는 측면이 있는데, 이에 따라 확인된 것만 쓰다보면 독자의 정보 욕구와 동떨어지기 쉽다. 독자가 궁금한 것은 다른 의사들에게 묻고 간호사, 보건소 직원 등 모든 사람에게 묻는다는 자세가 필요하다. 그래도 궁금증이 안 풀리면 외국 대학이나 의료 기관의 인터넷 사이트를 이 잡듯이 뒤져 가급적 구체적인 정보를 제공해야 독자들에게 도움이 된다는 생각을 잊지 말아야 한다. 또 외국의 전문가들에게 e메일로 정보를 얻을 수도 있다.

이렇게 취재를 했다면 기사를 어떻게 쓸 것인가가 남는다. 기자는 한자어 '記者' 그대로 '쓰는 놈'이다. 아무리 취재를 잘했어도 필요한 정보를 잘 전개하지 못한다면 함량미달이라고 할 수밖에 없다. 특히 의학 분야는 어려운 정보를 다루기가 십상이기 때문에 어렵거나 무미건조해지기 십상이다. 어려운 용어는 무조건 피해야 한다. 취모는 배냇솜털, 광협 또는 관골은 광대뼈, 이개는 귓바퀴, 이색증은 얼룩증, 흡기는 들숨, 호기는 날숨, 슬개골은 무릎뼈, 견갑골은 어깨뼈로 쓰면 된다.

한국에서는 난삽한 일본식 한자어 용어가 많이 쓰이고 있는데 뜻이 분명한 용어를 쓰는 것이 좋다. 예를 들면 심부전증은 심장기능저하증, 심인성은 정신 탓, 한선은 땀샘으로 고치는 등, 선(腺), 성(性), 부전(不全) 등이 들어가는 용어는 피하도록 한다. 다만 골다공증, 쌕쌕거림, 눈마름증, 밤톨샘 등 일반인에게 많이 알려진 것은 각각 뼈엉성증, 천명, 안구건조증, 전립샘 등과 병행해 쓸 수 있다.

대한의사협회와 보건복지부는 2001년 기존의 어렵고 불투명한 의학 용어를 쉽고 명확한 용어로 바꿨는데, 이 용어집을 늘 갖고 다니며 활용하면 기사가 한층 쉬워진다.

참된 의학전문기자라면 여기에서 한 걸음 더 나아가야 한다. 우리

말은 기본적으로 풀이말 중심이므로 가급적 의학 용어를 쓰지 않고 풀어주는 것이 좋다. 예를 들면, '위하수증이 발생하면'은 '위가 처지면'으로, '천명으로 호흡이 곤란하면'은 '쌕쌕거리며 숨을 쉬기가 힘들면' 등으로 고치면 기사가 훨씬 자연스럽고 쉬워진다. 또 '급성 편도선염의 일반적 증상은 발열 및 인후통과 연하장애이고 편도선 부위의 출혈 및 발작이 나타나며…'라는 문장은 '갑자기 편도에 염증이 생기면 보통 열이 나고 목구멍이 아프다. 또 침이나 음식을 삼키기 힘들고 목구멍 부위가 벌겋게 보이며…'로 고치면 쉽고 친숙한 기사가 될 것이다.

또 의학 기사는 자칫하면 추상적, 일반적인 글로 일관하기 쉽다. 의학 기사는 딱딱한 소재를 다루므로 더러 각종 비유나 새로운 문체를 이용해 재미있게 써야 할 때도 있다. 때에 따라서 시·소설·영화드라마 역사 또는 다른 영역의 뉴스 등을 인용하면 죽을 수밖에 없는 기사가 살아날 수 있다. 필자는 의학을 맡고 2~3년쯤 되던 해에 '재미있는 몸 이야기'라는 제목의 시리즈를 연재하며 맛깔 나는 리드를 위해 자나 깨나 고민을 했다. 그랬더니 시리즈가 중반부에 이르렀을 때부터 꿈속에서 어김없이 좋은 리드가 떠올라 기사 작성에 큰 도움이 됐다.

의학전문기자라면 기사의 신뢰성은 사소한 오자나 사실 관계에 의해 훼손될 수 있다는 점을 명심해야 한다. 필자의 경험으로는 '이것은 확인하지 않아도 되겠지' 하는 부분에서 늘 문제가 생기고, 이 때문에 전체 기사의 신뢰성이 무너지곤 했다. 정치·사회 분야와 달리 의학의 전문 용어는 한번 오자가 나면 데스크 과정이나 교열 과정에서 교정하는 것도 힘들다. 기자 자신이 작성한 용어가 틀리지는 않았는지, 데스크 과정에서 오자가 나지 않았는지 확인에 확인을 거듭해야 한다.

마지막으로, 언론사가 의학전문기자의 전문성을 인정해주고, 또 의학전문기자는 소신 있게 자신의 주장을 펼칠 수 있어야 한다. 필자는 2005년 여름 미국 연수를 마치고 귀국해서 황우석 신드롬의 과학적 문제점에 대해 낱낱이 보고했다. 하지만 신문사는 "설마 그럴 리가 있겠는가" 하며 묵살했다. 이 분야의 기사를 쓸 역할도 맡기지 않았다. 그래서 주위의 동료 기자들에게 "혹시 조만간 임상시험이라도 실시되면 수백 명이 억울하게 죽어나간다"며, "황 박사를 비판하기 어려운 것을 아니까 적어도 줄기세포 치료법이 수십 년 남은 치료법이라는 사실만이라도 알려 달라"고 부탁했다. 하지만 대부분 이렇게 대답했다.

"내가 지금 편하게 지내는데 왜 총대 매냐?"

이런 기자라면 아무리 의학 지식이 풍부하더라도 절대 훌륭한 의학 기사를 쓸 수 없는 법이다. 거듭 말하지만, 좋은 의학 기사는 늘 공부하는 품격 높은 기자가 소비자의 관점에서 주제를 선택하고 의료 소비자를 떠올리며 혼신을 다해 쓰는 기사이다.

스포츠전문기자의 세계와 글쓰기

노 창 현

전문성·기사작성의 스피드·압축·상징의 묘미

스포츠기자는 다른 분야보다 대중들에 친숙하고 그만큼 쉽게 느껴지는 직종이다. 실제로 80년대 이전까지 신문 방송의 체육부서는 내부적으로 인기부서가 아니었고 체육기자를 한직처럼 생각하는 경우가 없지 않았다. 그러나 80년대 들어 프로스포츠가 활성화되고 86아시안게임과 88올림픽을 유치하면서 대중들의 관심만큼 스포츠 기자의 위상 또한 높아졌다. 스포츠기자를 누구나 할 수 있는 쉬운 일이라고 생각한다면 오산이다. 대중들이 다가가기 편하기에 스포츠기자는 다른 어떤 분야보다 까다로운 곳이다. 대중에 대한 영향력이 커지면서 스포

「스포츠서울 New York」 초대 편집국장. 성균관대 영문과와 언론정보대학원을 졸업했다. 1988년 「스포츠서울」에 입사, 축구와 야구 농구 등 거의 전 종목을 전담했고, 올림픽과 아시안게임, 월드컵을 각각 네차례씩 현장 취재했다. 92년부터 94년까지는 연예부에서 방송과 영화, 2000년부터 2002년 사이엔 사회레저부장과 뉴미디어 태스크포스팀을 맡았다. 2006년 11월 워싱턴 D.C에서 '소수민족의 퓰리처상'으로 불리는 뉴어메리카미디어 언론상을 수상했다. 저서로 '아름다운 라이벌'(1994), '대관절 스포츠신문기자라굽쇼?'(2003), '열아홉살 스포츠와 열여섯살 연예가 만날 때'(2003)가 있다. 이메일 주소는 nychrisnj@hanmail.net.

츠기자의 전문성 또한 시험대에 오르기 시작했다. 해당분야의 스포츠 기자보다 훨씬 더 많은 갖춘 소위 마니아들이 기자들을 포위하고 압박하는 시대가 된 것이다.

전문성을 갖추지 못한 스포츠기자는 대중들에 의해 폄하되고 조롱받는다. 비록 전문성이 스포츠기자에게만 해당되는 것은 아니지만 준전문가들이 압도적으로 많은 스포츠 분야에서 기자들의 권위와 신뢰가 시험받을 가능성은 어느 것보다 큰 것이다. 스포츠기자가 결코 쉽지 않은 이유는 반드시 갖춰야 할 덕목과 자질이 따로 있기 때문이다. 스포츠를 좋아한다고, 특정분야에 대한 해박한 지식을 자랑한다고 좋은 기자가 되는 것은 아니다. '구슬이 서말이라도 꿰어야 보배'라는 속담은 스포츠기자에게 가장 잘 들어맞는다. 내가 취재한 것을 어떻게 독자들에게 전달하느냐가 핵심이다. 가령 오늘 벌어진 농구경기를 다룰 때 현장에는 나 혼자만이 있는 것이 아니다. 수많은 경쟁자들과 함께 똑같은 경기를 놓고 기사를 쓴다. 승리와 패배의 방정식은 어느 매체나 똑같지만 그것을 표현하는 수사는 사뭇 다르다. 대상의 핵심을 파악하는 통찰력과 창의력, 마감시간을 지키는 스피드와 순발력, 문장을 정리하고 함축하는 간결미의 추가 덕목을 갖추지 않는다면 결코 좋은 스포츠기자가 될 수 없다.

이중에서도 가장 중요한 것은 스피드와 순발력이다. 아무리 명문을 쓰고 특종을 잡았다한들 신문과 방송이 나오는 시간을 맞추지 못한다면 뉴스의 가치는 상실된다. 기사작성의 스피드나 압축과 상징의 묘미 등 스포츠 기자들에게 요구되는 높은 수준의 기술이나 전문성은 사실

스포츠 세이 스타디움 기자석   ⓒ 스포츠서울

존경할만한 수준이다.

　필자가 수습기자 시절 겪은 에피소드 중 지금도 잊혀지지 않는 것
이 있다. 동대문 운동장에서 벌어진 대통령배 축구대회 경기를 신문사
에 급히 송고해야 할 시간이었다. 지금처럼 노트북은 커녕 팩시밀리도
변변히 없는 시절이어서 축구팀장이었던 선배는 기자석에 마련된 전
화로 기사를 부르기 시작했다. 그의 손에는 원고도 없었고 경기 중 메
모하듯 그린 상황 몇 개가 있을 뿐이었다. 기사를 부르는 선배의 목소
리를 듣는 동안 필자는 취한 듯 멍한 기분이 들었다. 적절한 은유와
대칭, 흥분의 카타르시스가 듬뿍 담긴 기막힌 기사가 입에서 술술 흘
러나오는 것이 아닌가. 여느 사람 같으면 다듬고 또 다듬어도 나오지
않을 옥고가 어떻게 즉석에서 나올 수 있는지 실로 경이로웠다. 선배
의 기사는 다음날 신문을 통해 봤을 때도 군더더기 없이 매끄러운 명
문이었다. 즉석에서 읊는 기사의 수준이 이럴진대 하물며 충분한 시간
을 갖고 취재한 기획특집 기사는 오죽하겠는가. 이 선배가 창간특집으
로 작성한 '스포츠의 고향을 찾아서-영국의 배드민턴 마을'은 차라리

110

한편의 아름다운 수필이었다. 스포츠기사가 그렇게 매혹적일 수 있다는데 깊은 감동을 받았고 줄곧 선배는 필자의 '롤 모델'(Role Model)로 자리했다.

알고 보니 그는 오늘날 스포츠기사의 전형이 된 기사스타일을 창안한 주역이었다. 보통 경기 스트레이트 기사는 시간대별로 묘사하는 게 일반적이다. 특히 80년대 초반 스트레이트 기사는 고착화된 규범을 벗어나지 못했다. 그런데 경기기사의 리드 문장을 그 경기의 하일라이트로 시작하는 파격을 시도한 것이다. 제한된 지면이었기에 선배의 기사 스타일은 신선한 충격으로 다가왔고 오늘날 스포츠신문에서 볼 수 있는 스트레이트 기사체의 효시가 된 것이다.

말랑말랑한 감성과 자유로운 상상력의 글쓰기

기사의 가치는 본질적으로 팩트에 있다는 것을 잊어서는 안된다. 주관의 창의성을 발휘하면서 동시에 사실에 대한 검증, 균형 잡힌 객관을 유지해야만 훌륭한 스포츠 기자가 될 수 있다. 필자는 기자의 시작을 가능한 스포츠기자로 하라고 권유하는 사람이다. 일반적으로 종합지에서 수습기자들은 적어도 6개월간 '사쓰마와리'(출입 경찰 병원 순례)를 하는 사회부의 사건기자로 시작한다. 일단 몸이 고되고 거친 곳에서 단련해야 한다는 점, 드라이한 스트레이트기사의 ABC를 배운다는 점에서 도제식 훈련에 적격이라고 판단하지만 필자는 시대에 뒤떨어진 방식이라고 생각한다. 사회부를 포함해 모든 부서를 골고루 순

스포츠 세이 스타디움 내부   ⓒ 스포츠서울

회하는 경험은 당연히 필요하다. 그러나 특정 부서에서 훈련을 시킬 필요가 있다면 그 대상은 스포츠 부서가 되어야 한다는 것이다. 적어도 신문과 방송에서 가장 중요한 스피드와 순발력을 키우려 한다면 스포츠부서보다 좋은 곳은 없다.

도대체 어떤 부서에서 매일매일 시간에 쫓기는 스릴 속에 드라마틱한 승부를 맛볼 수 있다는 말인가. 마감시간을 결코 고려하지 않는 스포츠 경기들. 끝나는 순간까지 예측할 수 없는 승부, 게다가 매일 같은 경기를 보아도 단 한 번도 같은 시나리오가 펼쳐지는 일이 없는 스포츠의 다양성과 풍부함은 누구도 따를 수 없다. 스포츠는 인생 그 자체이다. 삶의 희노애락, 격정과 흥분, 비탄과 슬픔, 절제와 균형, 희망과 용기의 메타포들이 녹아 있다. 스포츠의 취재 경험은 막 기자 생활을 시작한 당신의 말랑말랑한 감성과 자유로운 상상력을 자극하고 극대화한다. 그런 단계를 거친 연후에 전문 분야를 선택한다면 훨씬 더 효율성이 있을 것이라고 믿는다.

88서울올림픽 벤 존슨(캐나다)의 약물 복용사건 특종취재기

스포츠기자의 특별한 장점은 '우물 안 개구리'를 면할 수 있다는 점이다. 스포츠기자를 한다면 반드시 경험할 수 있는 거대한 이벤트들이 매년 혹은 몇 년 간격으로 벌어진다. 스포츠기자는 전국체전을 비롯해 각 프로 스포츠의 메인이벤트, 크고 작은 대회들을 통해 무수한 사람들을 만나고 새로운 경험을 한다. 스포츠 제전은 비단 스포츠에만 국한되지 않는다. 스포츠기자들이 간혹 다른 영역을 넘나드는 기사를 쓰게 되는 것은 스포츠의 다양성과 확장성이 다른 분야들을 포괄하고 있기 때문이다. 게다가 해외에서 벌어지는 이벤트들은 어떤가. 하계 동계 올림픽, 아시안게임, 유니버시아드 등 종합 경기는 물론, 월드컵과 각종 세계선수권을 통해 스포츠 기자들은 다른 분야에서는 상상도 못하는 넓고 새로운 세계를 접할 수 있다. 단순한 주마간산이나 견문 넓히기식의 외유가 아니라 국내외를 막론하고 치열한 취재의 현장에서 부대끼며 경쟁할 수 있는 것은 오직 스포츠기자밖에 없다.

필자의 경우 스포츠신문에 입사한 88년 수습기자의 신분으로 대통령배국제축구대회와 서울올림픽을 잇따라 취재했고 이듬해 태국 킹스컵, 이탈리아 월드컵 조 추첨식, 90년 북경아시안게임 모스크바 세계사격선수권대회 등 불과 2년 사이에 세계적인 이벤트들을 현장에서 단독 혹은 합동 취재단의 일원으로 누볐다. 만일 스포츠기자가 아니었다면 갓 입사한 풋내기가 이런 경험을 할 수 있었을까. 88서울올림픽에서 가장 쇼킹한 뉴스는 당시 육상 100m 세계 챔피언 벤 존슨(캐나다)의 약물 복용사건이었다. 올림픽 금메달 획득 직후 벤 존슨은 도핑 테스트에서 금지 약물을 복용한 사실이 드러났다. 물론 한동안 이 사실은 극비였다. 육상의 한 스타가 도핑테스트에서 문제가 생겼다는 정보는 세계 전역에서 모여든 언론사에 전해졌지만 강남의 도핑콘트롤센터 현장에 간 것은 필자와 미국의 한 방송사 두 곳에 불과했다. 적어도 그 순간 필자는 스포츠기자가 아니라 사실 확인을 위해 불꽃 튀는 경쟁을 하는 사건기자였다. 보안유지를 위해 기자들을 피해 몰래 달아났던 도핑센터 소장을 한 호텔 커피숍에서 찾아낸 필자는 단독인터뷰의 개가를 올렸고 이 기사는 당연히 신문 1면으로 보도됐다. 벤 존슨에 대한 후속보도는 올림픽이 끝난 후 다시 1면에 보도됐는데 이는 경험 많은 데스크의 판단에 따른 성과물이었다. 당시 존슨은 약물 복용사실을 시인하면서 도핑테스트가 과장됐다는 주장을 펼치며 희생양이 된 듯 한 여론을 조성하고 있었다. 후속 취재를 해보라는 데스크의 지시로 도핑센터를 찾은 필자는 존슨의 약물검사결과를 도표와 함께 확보, 더 이상의 논란을 막는 보도를 할 수 있었다.

해외 취재에서 가장 인상적이었던 메이저리그 야구와 남미월드컵(코파 아메리카)축구를 같은 기간에 취재할 수 있었던 기자 4년차 시절(91년)이었다. 칠레에서 열린 코파아메리카는 2년마다 열리는 남미월드컵으로 한국기자로는 처음 취재한 것이었다. 그때만 해도 한국의 언론사들은 아무리 큰 대회라도 우리 선수들이 출전하지 않으면 외면하는 근시안적인 취재 관행을 갖고 있었다. 적어도 스포츠 전문지라면 세계축구의 한 축을 맡고 있는 남미축구의 대제전을 현장에서 취재하는 것은 당연했다. 지구반대편까지 오랜 여정을 통해 도착한 현장에서 기자는 엄청난 축구열기보다도 열띤 취재경쟁을 하고 있는 수십 명의 일본 기자들에 압도됐고 심지어 축구의 변방이라는 인도네시아마저 5명의 기자를 보낸 것에 충격을 받았다. 인도네시아도 저럴진대 소위 아시아의 축구 챔피언이라는 한국에서 고작 1명의 기자가 왔다는 사실에 얼굴이 화끈거릴 지경이었다.

충분한 실무 경험을 쌓고 전문기자로 성장해야 바람직

언론사의 신입기자 채용방식은 대개 국어 영어 상식 논문으로 구성돼 언론인의 필요한 재능인 주제에 대한 전문성 분석력 커뮤니케이션 능력을 평가할 수 없다. 시험에 패스하기 위한 기능적 공부를 할뿐 전문적 언론인으로 성장하기 위한 예비교육을 전혀 받고 있지 못하다. 이러한 시험을 통해 언론사에 입사한 기자들 중에는 적성이 안 맞아 고민하는 이들이 적지 않다. 나름대로 어려운 경쟁을 뚫고 기자가 되기는 했지만 생각했던 것과는 너무 다른 현실에 당황하는 것이다. 필자가 보기에도 이른바 최고 학부를 졸업하고 좋은 성적으로 들어온 후배들 중에 기자의 기본인 뉴스에 대한 가치 판단과 기사 작성 능력조차 미흡한 경우가 적지 않았다. 물론 개중에는 부단한 노력을 기울여서 좋은 기자로 성장한 재목들도 없지는 않지만 애당초 자신에 맞는 직종을 구했더라면 더 나은 결과를 낳았을 것이다.

그에 반해 시험을 보고 들어오지는 않았지만 기자라는 직업을 동경

스포츠 세이 스타디움 메츠 팬들 ⓒ 스포츠서울

하고 나름의 훈련을 쌓았거나 다른 매체에서 경험을 쌓고 들어온 기자들은 선배들의 인정을 받았고 그 분야의 전문기자로 성장하는 것을 볼 수 있었다.

미국의 언론사들은 신입기자들에게 작문능력과 적극적인 태도와 인성, 높은 지식수준, 좋은 직업습관들을 요구한다. 미국대학의 언론학과들은 다양한 교과과정을 통해 인재를 배출한다. 졸업 전 방학기간을 이용, 지역언론매체에서 인턴십 과정을 이수하는 것이 보통이며 우수학생들은 유명언론사의 인턴으로 선발되는 기회를 갖기도 한다. 미국 역시 저널리즘 스쿨 졸업자만이 기자가 되는 것은 아니다. 1980년대 통계를 보면 신방과 졸업생들이 언론계에 취업하는 비율은 약 50%인 것으로 나타났다. 한국의 경우 1981년부터 2001년까지 언론인 연수에 참여한 기자들을 상대로 조사한 결과는 평균 13.1%에 불과했다. 신입기자의 전공에 대해 46%의 언론사 간부들은 커뮤니케이션 관련 전공을 선호했고 33%는 전공은 아무래도 상관없다고 답했다.

기자 채용에 있어서 한국과 미국이 가장 다른 점은 미국은 이른바 공채제도에 의존하지 않는다는 점이다. 미국의 기자 채용방식은 평소 언론사에 접수된 개별 지원서를 토대로 선발하는 수시모집 제도이다. 신문의 경우 한국과는 달리 중앙지보다 지방지 위주의 시장이 형성돼 있는데 인구 1만 명도 안 되는 소도시부터 수백만 명에 이르는 대도시에 이르기까지 신문시장은 광범위하다. 뉴욕타임스나 워싱턴 포스트, 월스트리트 저널 등 대표적인 신문들은 이미 다른 언론에서 능력을 검증받고 역량을 키운 경력기자들을 채용하는 것이 일상적인 인력 수급방식이다. 특히 스포츠기자는 미국의 스포츠 역사가 말해주듯 상당히 우수한 자질의 기자들이 일선에서 활약하고 있다는 인상을 받았다.

그런 점에서 한국의 스포츠기자와 미국의 스포츠기자는 역시 전문성에서 많은 차이가 난다. 이는 스포츠기자에 대한 인식의 차이, 부족한 재교육 시스템, 비효율적인 업무분장, 과도한 순환근무 등의 문제 때문인 것으로 판단된다. 필자도 전문기자, 대기자라는 타이틀을 갖고 활동하기도 했지만 잦은 부서 이동과 다양한 분야 취재로 인해 꾸준히 한 우물을 파기가 어려웠고 야구든 농구든 육상이든 10~20년의 경험을 가진 미국 스포츠기자의 전문성에 솔직히 미칠 바가 아니었다. 물론 한 분야만 외골수로 파고드는 것이 꼭 능사는 아니다. 자칫 안목이 좁아지고 상투주의라는 매너리즘에 빠질 위험성이 있기 때문이다.

필자가 생각하기에 이상적인 스포츠기자의 양성은 입사 후 5~7년 다양한 분야를 접한 연후에 전문 분야를 선택토록 하는 것이 적절하다. 요즘은 대학원까지 졸업하고 신문사에 입사하는 고학력 기자들도 많지만 기왕이면 기자로서 충분한 실무 경험을 쌓고 전문기자로 성장하는 과정에서 대학원 교육과정이나 국내외 실무 연수과정을 밟는 것이 훨씬 더 효율성이 있다고 본다.

축구사를 새로 쓴 탐사취재의 후일담

필자가 처음 스포츠신문에 입사했을 때 편집국에는 대형 붓글씨 휘호가 걸려 있었다. '특종 없는 신문은 투수 없는 야구다'라는 큰 액자는 스포츠 전문지라는 현실과 함께 특종이라는 달콤한 과실을 얻기 위해 싸워야 하는 것은 스포츠기자도 예외는 아니라는 것을 잘 말해 주었다. 20년의 기자 생활을 돌이켜 볼 때 필자도 수많은 특종과 낙종의 극과 극을 오가는 경험을 했다. 매일 서로 다른 신문의 동료기자들과 함께 벌이는 특종과 낙종의 피 말리는 경쟁은 뿌듯한 성취감을 주는가하면 극도의 스트레스를 안기는 이율배반의 작업이기도 했다. 국내의 스포츠기자는 특히나 치열한 경쟁 체제로 하루에 두 번씩 신문을 발행하는 사실상의 조·석간 시스템으로 기자들을 혹사시켜 정신적 육체적 고달픔을 배가하는 직종이기도 하다.

전날 밤 경기 기사를 마감하고 이내 다음날 아침 기사 메뉴를 불러야 하는 숨 돌릴 틈 없는 스포츠전문지 기자의 현실은 사실 특종이라는 목표 도달은 고사하고 기사의 질적 수준을 유지하는데도 힘이 벅찰 지경이다.

스포츠 세이 스타디움 서재응 응원단   ⓒ 스포츠서울

　90년대 후반이후 스포츠전문지가 두 배 이상 늘어났음에도 막상 전문성을 가진 기사보다는 가볍고 선정적인 기사만 늘어났다는 현실은 이를 반증한다. 스포츠 전문지는 많아졌으나 제대로 된 스포츠전문지는 찾기 힘들고 허다한 스포츠기자 중에 참다운 스포츠기자를 만나기가 어려워진 것이다. 오늘날 스포츠 신문을 포함한 대중지 시장이 생존을 위한 상업성의 논리에 매몰돼 극도로 교란되고 스포츠기자 또한 신문 판매를 위한 소모적이고 기능적인 역할 수행에 그치고 있지만 그렇다고 현실만을 탓할 수는 없다. 스포츠기자의 노력 여하에 따라 스포츠신문의 회생과 올바른 정체성 회복이라는 두 마리 토끼를 잡을 수 있기 때문이다.

　스포츠신문과 함께 발전한 대표적인 종목을 든다면 두말할 것 없이 야구를 들 수 있다. 야구가 단순한 스포츠가 아니라 통계학적인 묘미까지 갖는 독특한 스포츠라는 것은 바로 스포츠 전문지가 견인했다고 해도 과언이 아니다. '야구는 기록이다'라는 주장은 적어도 80년대

중반까지 생뚱맞은 말이었다.

그러나 스포츠전문지의 기자들은 야구의 각종 기록과 통계학적 의미를 찾는데 있는 힘을 다 기울였다. 기록은 새로운 얘깃거리를 낳았고 각종 기록의 비교는 야구의 과학화를 빛나게 하는 매개가 되었다. 이제 기록 얘기를 곁들이지 않으면 야구란 종목 자체가 싱거워질 판이다. 그전까지 스포츠의 기록하면 육상이나 수영 등 이른바 기록경기만을 떠올린 독자들에게 스포츠 전문지는 새로운 충격이요, 즐거움이 된 것이다. 일명 '땅표'라고 불렀던 야구기록표는 본래 일본의 스포츠전문지에서 일반화된 것이었으나 한국의 스포츠전문지는 이를 더욱 업그레이드시켜 야구를 더욱 인기 있게 만들고 스포츠지의 차별성을 구가하는데 큰 도움을 주었다. 마치 바둑의 복기처럼 야구 기록표만 보아도 그날의 경기와 모든 선수들의 활약상이 일목요연하게 그려진다는 점에서 획기적인 것이었다.

기자 초년의 시절을 축구로 시작했던 필자는 야구의 이러한 장점을 축구에서도 원용할 수 없을까 많은 고민을 했다. 비록 종목상의 차이가 많고 나름의 한계를 갖지만 '모든 스포츠는 궁극적으로 기록'이라는 믿음을 필자는 갖고 있었다. 축구에서 기록이란 그 시절 득점과 어시스트 정도에 불과했다. 야구는 투수와 야수가 수십 가지의 기록으로 나타나는데 축구는 단지 공격의 두 가지 부문을 놓고 따지는 원시적인 즐거움에 그칠 뿐이었다.

축구팬들에게 새로운 즐거움을 주고 선수의 플레이에 대한 보다 합리적인 평가와 축구의 기록적 의미를 위해 80년대 후반 도입한 것이 바로 평점제였다. 유럽의 많은 매체들은 이미 경기마다 선수들에 대한 점수를 매기는 평점제를 운영하고 있었다. 선수들은 물론, 심판에게까지 평점제를 도입하자 당장 독자들의 반응이 달랐다. 그전에는 골이나 어시스트를 기록한 선수나 결정적인 미스를 범한 선수만 언급됐지만 이젠 평점을 통해 출장한 모든 선수들의 활약상을 파악할 수 있었기 때문이다. 선수들의 개별 플레이나 팀 기여도에 대한 평가는 기자들에게는 신중하고 과학적인 분석의 안목을 더해줬고 선수와 심판에게는 성취동기와 분발의 촉매를, 독자들에게는 또 다른 즐거움을 제공해주는 역할을 했다.

모든 분야가 마찬가지겠지만 스포츠 기자는 종목의 특성상 탐구정신이 강하면 값진 결실을 얼마든지 찾을 수 있는 미지의 보고(寶庫)이다. 80년대 후반 외국의 스포츠 잡지나 신문을 보면 선수들의 프로필에 종종 의미를 알 수 없는 숫자들이 표기되곤 했다. 선배들에게 물어봐도 아는 이들이 없었다. 기사를 분석하다 그것이 다름 아닌 국가대표 출장횟수라는 것을 알게 됐다. 이른바 A매치의 숫자인 것이다. 유럽이나 남미에서는 대표 출장횟수라는 명예로운 기록 또한 관리되고 있었던 것이다. 그것이 필자의 투지를 자극했다. 도대체 우리나라 국가대표 축구선수들은 어떤 출장 기록을 갖고 있을까. 그러나 당시 국내 어느 누구도 대표팀 출장횟수를 알기는커녕 관심조차 두지 않았다.

필자는 현역 활동 중인 우리 선수들의 기록이라도 찾아야겠다는 의무감으로 약 한 달에 걸쳐 69년부터 88년까지 발행된 스포츠신문들과 월간 축구잡지 등을 이 잡듯이 뒤지며 국가대표팀 경기를 조사했

스포츠 세이 스타디움 메츠 마스코트   ⓒ 스포츠서울

다. 대한축구협회가 보관중인 각종 기록물도 조회하고 싶었지만 유감
스럽게도 공식기록표는 전혀 보관되지 않았다. 기록에 대한 중요성을
그만큼 간과하고 있었기 때문이다. 파악 가능한 자료만을 토대로 했음
에도 불구하고 결과는 놀라웠다. 당시 국가대표 최순호의 출장횟수가
무려 150회에 달했기 때문이다. 다음 단계는 이에 대한 FIFA 차원의
공식 인정을 받는 것이었다. 축구협회 국제부에 의뢰해 공문을 발송했
다.

　후일담이지만 FIFA는 축구 변방국에 불과한 한국의 대표선수가
세계최고의 국가대표 출장횟수를 보유한 것에 경악했다. 하지만 규정
상 최순호의 기록은 엄연한 사실이었다. 결국 FIFA는 자신들의 규정
을 손질하는 고육책을 발휘했다. 어느 한 팀만 국가대표일 경우 A매
치로 인정하던 것을 양 팀 모두 대표 팀이 되어야 하는 것으로 개정
한 것이다. 대부분의 유럽 남미국은 대표 팀 간 경기로 치러진 반면
한국이나 축구약소국의 경우 대표 팀이 세계 유명 클럽과 친선경기를
자주 가진 것에 주목한 것이다. 그런 경기들을 대거 제외했음에도 최

순호는 102게임을 인정받아 당당 센추리클럽 헌액자로 전 세계에 타전됐고 세계 축구사에 그의 이름과 함께 대한민국이 올라가게 되었다. 이것은 필자가 기자생활 20년 중 가장 뿌듯한 성취로 가슴에 담아두고 있다.

기자의 개인적인 호기심과 열정은 때로는 상상하는 것 이상의 결실을 만들기도 한다. 스포츠기자에게 이런 대상은 무궁무진하다는 것이다. 가령 필자가 농구기자를 할 때는 농구기록표에 2점슛, 3점슛, 자유투 성공률 등 세세한 수치는 물론, 작전타임의 시간과 당시 점수까지도 전달하는 기록표를 제시했고 프로 출범 후에는 개인별 공헌도라는 새로운 평가 자료를 만들었다. 출장시간과 득점 리바운드 도움 호수비 등 긍정적인 부분과 실책 등 부정적인 부분을 가감해서 종합적인 정보를 팬들에게 제공한 것이다. 이는 나중에 구단들이 선수와의 연봉협상시 평가 자료의 하나로 활용되기에 이르렀다. 보다 과학적이고 합리적인 기록 비교와 자료 분석을 통해 선수들의 기량향상을 도모하고 팬들에게는 수준 높은 경기를 제공함으로써 한국 스포츠는 그만큼 발전하는 것이다. 자신의 전문성을 갈고 닦으면서 해당 스포츠의 발전에 일익을 담당할 수 있다는 것이야말로 스포츠기자의 가장 큰 특권이라 할 수 있지 않을까.

방송기자의 세계와 글쓰기

홍 성 욱

1. 방송기자(Broadcast journalist)란?

가. 사전적 의미

방송기자는 방송사에서 시사적인 문제를 보도하거나 평론하는 일에 종사하는 사람이다. 구체적으로는 보도나 평론의 대상이 될 사안을 선별하고, 관련 사실을 취재하고, 기사를 직접 작성하고, 자신의 육성으로 기사나 평론의 내용을 사회에 전달하거나, 기사의 우선순위를 판별하고 그 우선순위에 따라 기사를 내보내는 편집 업무에 종사하는 사람들을 말한다. 업무 처리의 대상물이 사회 현안이고, 업무 처리의 대상도 사회다. 그만큼 업무의 성격이 사회성, 공공성을 띠게 된다.

취재나 편집 과정에서 다른 보조 인력의 도움을 받거나 다른 사람의 목소리(아나운서나 성우)를 빌려 기사나 평론의 내용을 전하는 경우도 있으나, 자신이 직접 하는 경우가 일반적이다. 기사나 평론의 대

「SBS」제2사회부장, 문화과학부장, 특임부장 출신으로 현재 SBS 아트텍 감사. 성대 신문방송학과와 성대 언론정보대학원(석사)을 졸업했고 미 UCLA EXTENTION 수료. 한국방송기자클럽 운영위원을 지냈으며, 저서로는 「기사 쓰기 이렇게 공부하라」가 있다. 이메일 주소는 shong@sbs.co.kr.

상을 정하고 업무를 처리하는 과정에서 다른 사람과 협의하거나 상의를 하기도 하고 승인을 받아야 하는 경우도 있지만, 기본적으로는 모든 업무를 독립적·주도적·직접적으로 처리한다. 교수나 의사, 판사의 경우와 같이 단독 기관적 성격이 강하다.

　교양 PD들이 만드는 시사 프로그램(「KBS」'추적 60분', 「MBC」'PD 수첩', 「SBS」'그것이 알고 싶다' 등)이 늘어남에 따라 방송기자와 PD 사이의 구분이 점점 어려워지는 경향이 있기는 하다. 이들도 시사 현안을 본격적으로 다루고 모든 업무를 독립적·주도적·능동적·직접적으로 처리한다는 점에서는 방송기자와 근본적인 차이가 없기 때문이다. 그러나 방송기자가 정보 판단과 수집에 전문성이 있다고 할 때, PD는 기획 능력과 프로그램 제작 능력에 더 전문성이 있다는 점이 다르다고 할 수 있다.

　방송기자나 교양 PD가 아닌 사람이 보도·논평 업무에 종사하는 경우도 있다. 특정 분야의 전문가가 논평을 하거나, 취재력이나 글 솜씨가 뛰어난 사람이 기사를 작성해 방송되는 경우다. 그러나 이런 경우는 보도나 논평 업무를 한시적으로 위탁한 경우로, 소재 선별이나 보도·논평의 방향 결정은 다시 방송기자가 하기 때문에 이들은 결국 방송기자의 보조적 역할에 머문다. 따라서 이들은 방송기자라 부르지 않고 객원 해설위원이나 작가라는 명칭으로 부른다.

나. 현실적, 실제적 의미

(1) 활동 결과가 국민의 생명, 재산에까지 직접 영향을 미친다

방송기자의 활동 내용은 국민의 재산에도 큰 영향을 미친다. 뉴스 시청자가 부정확한 주택 가격 동향 보도를 믿고 집을 샀다가 재산상의 손실을 보게 되는 경우가 좋은 사례다. 확정되지도 않은 개발 계획을 잘못 보도하면 나중에 개발 계획이 변경됐을 때, 보도를 믿고 투자한 사람들이 손해를 보는 경우도 적지 않다. 증시 동향도 잘못 보도하면 이를 믿고 투자한 시청자가 큰 손해를 볼 수 있으며, 잘못된 보도나 논평이 여론을 오도하면 정부가 정책 결정을 잘못하게 만드는 원인으로 작용하기도 한다.

반대로 방송이 보도나 논평을 잘하면 인명과 재산 피해를 줄이고 정부가 제대로 된 정책 결정을 내리도록 하는 데 기여할 수 있음은 물론이다. 다른 한편으로는 보도나 논평을 내는 방송사나 방송기자 본인에게도 파급 효과가 크게 미칠 수 있다. 파급 효과가 큰 만큼 보도나 논평 자체가 사회적 논란에 휩싸이거나 법적 다툼에 휘말릴 소지가 크기 때문이다. 보도나 논평의 대상이 되는 사안이 사회적으로 중요하면 중요할수록, 그 사안과 관련된 이해관계인이 많으면 많을수록, 사안의 성격이 민감하면 민감할수록, 방송사나 방송기자 본인에게도 파급 효과가 미칠 가능성이 커진다. 보도나 논평이 올바르고 정확하면 방송사나 기자 본인의 성취감과 보람이 크고 명성이 높아지겠지만, 그렇지 않을 경우 기자 개인이 금전적 배상 책임까지 지게 될 수도 있고, 방송사의 신뢰도가 심각하게 훼손될 수도 있다는 뜻이다.

6.25 당시 파괴된 한강교의 모습 ⓒ 서울방송

1950년 6월 북한군이 남한을 침공했을 때, '서울을 사수할 것'이라는 정부의 거짓 발표를 당시 방송이 검증 절차 없이 그대로 국민들에게 전했기 때문에 많은 국민들이 제때 피난을 떠나지 못해 목숨을 잃거나 가족을 잃었다. 당시 방송은 '북한군의 남진을 막을 테니까 안심하라'는 정부의 발표를 액면 그대로 전했는데, 정부는 전쟁 발발 이틀 만에 대전으로 옮겨간 다음, 다음 날 새벽에 한강교를 폭파해 버렸다. 그 바람에 국민들의 피난길이 막혀 버렸고, 방송 내용의 진위를 확인할 길이 없는 많은 국민들은 방송 내용만 믿고 피난 갈 생각조차 하지 않고 있다 가 전쟁의 참화를 피하지 못했다. 당시 방송이 실제 전황을 최대한 정확히 파악하여 국민에게 제대로 알렸다면 인명 피해나 이산가족을 상당히 줄일 수 있었을 것이다.

개발계획을 잘못 보도하면 투자자의 손실을 초래한다. ⓒ 서울방송

(2) 업무 처리 과정이 공개되고 반응이 즉각적이다

방송기자는 다른 직업인들과 달리 업무를 공개적으로 처리하는 경

우가 많다. 업무 처리 과정을 남들이 다 지켜볼 수 있다. 사무실이나 연구실에서 혼자 근무하면서 업무의 결과만 공개하는 직업과 달리, 업무를 준비하는 과정에서부터 업무 처리 결과까지의 전 과정이 공개적으로 진행되는 경우가 비일비재하다. 방송사의 사무 공간 자체가 일반 사무실이나 연구실과 달리 개방적으로 만들어져 있기 때문에, 취재를 하느라 다른 사람과 이야기를 나누고, 기사를 작성하고, 녹음을 하거나 출연 준비를 하는 등의 과정이 동료들에게 공개되는 경우가 많다. 방송사 외부로 나가 업무를 처리할 때도 기자회견이나 생방송의 경우처럼 많은 사람이 지켜보는 상황에서 업무를 처리해야 할 때가 많다.

업무 처리의 결과에 대한 반응은 즉각적으로 나타난다. 보도가 나가자마자 이해관계인의 감사 표시나 문의 전화, 또는 항의 전화가 잇따를 수도 있고, 방송사 인터넷 홈페이지 게시판이나 기자의 전자우편에 관련 글이 쇄도할 수도 있다.

이러한 업무 처리 과정의 공개성과 반응의 즉각성이라는 특성 때문에 1980년대 때 수해 현장에서는 중계차에서 수해 상황을 보도하던

국제 행사의 기자회견   ⓒ 서울방송

기자가 수재민들에게 볼모로 잡히는 사건이 발생한 적도 있으며, 2006년 3월에는 북한에서 활동 중이던 우리 방송사들의 보도진이 취재 화면의 위성 송출을 저지당하고 취재 테이프를 한때 빼앗기는 사태가 발생하기도 했다. 한편으로는, 노력의 성과가 바로 나타나지 않는 다른 직종과 달리 노력의 성과가 즉시 나타나는 특성 때문에, 일하는 보람이나 성취감을 다른 직종보다 더 잘 느낄 수 있기도 하다.

(3) 폭넓은 만남, 폭넓은 경험

기자는 사람을 만나는 것이 일이다. 대부분의 기사가 사람에게서 시작되기 때문이다. 현장을 취재하는 경우도 많지만, 현장 자체보다 사람에게서 이야기를 듣는 경우가 더 많다. 따라서 방송기자 생활을 오래 하다보면 각계각층의 사람을 두루 만나게 되고 그만큼 간접 경험의 폭이 넓어진다. 연령적으로는 노인에서부터 어린이에 이르기까지, 사회적 지위로 따지면 대통령에서부터 서민에 이르기까지, 경제적 지위로 보면 거부에서부터 걸인에 이르기까지 양 극단에 있는 사람을 모두 만나게 된다. 경험이 가능한 분야도 정치·경제·사회·문화·체육에 이르기까지 다양하다. 방송기자가 직접 이 모든 분야를 경험해보는 것은 아니지만, 다른 어떤 직업보다 더 많은 분야를 접해볼 기회가 있다.

반면 사회적 만남과 간접 경험의 깊이는 다른 직업의 경우보다 깊지 못한 것이 보통이다. 사람을 폭넓게 만난다 하더라도 만남이 일시적인 경우가 대부분이고, 특정 분야를 경험해 본다 하더라도 어디까지

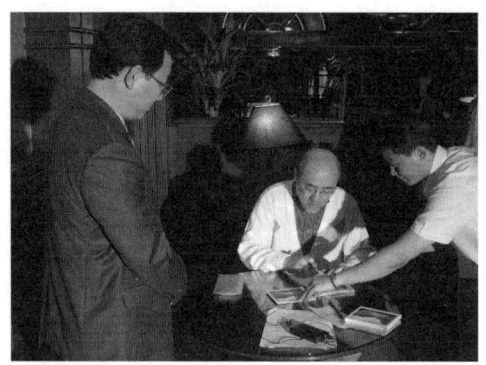
일본의 유명 뉴에이지 피아니스트 유키 쿠라모토(사진 가운데)와
인터뷰를 준비하는 필자(사진 왼쪽) ⓒ 서울방송

나 간접 경험이지 그 분야의 일을 직접 해보는 것은 아니기 때문이다.
몇 년 전부터 전문기자 제도가 도입돼 사회적 만남과 간접 경험의 깊
이가 깊어진 기자도 있기는 하지만, 그 분야 종사자만큼 사회적 만남
과 경험의 깊이가 깊은 것은 아니다.

(4) 연봉이 많은 편이다

　3대 중앙 방송사 중 유일하게 평균 연봉을 공개하는 「SBS」의 경우,
2005년 직원 평균 연봉이 상여금을 합쳐 7천2백만 원이었다. 금융감
독원에 사업보고서를 낸 상장회사 576개사 중 3번째로 평균 연봉이
많다. 봉급은 근로에 대한 대가이기 때문에 근무 여건이나 근무 강도
를 도외시하고 단순비교하기 어렵지만, 국내 10대 그룹의 평균 연봉
보다 많은 편이다. 「KBS」와 「MBC」의 평균 연봉은 일반에 공개되지
않았으나 「SBS」와 비슷한 수준인 것으로 알려져 있다. 다른 방송사는
규모에 따라 다소 차이가 나기는 하지만, 이들 3대 방송사보다 적은

것으로 알려져 있다

(5) 늘 시간과 싸워야 한다

기자라는 직업은 늘 마감시간을 의식하며 살아야 한다. 마감시간 안에 기사나 논평을 완성하지 못하면 아무리 좋은 내용이라 하더라도 또 아무리 공을 많이 들인 걸작이라 하더라도 아무 소용이 없는 경우 가 많다. 시의성이 강한 사안, 보도 가치가 큰 사안일수록 더 그렇다. 다른 분야에도 마감시간 같은 업무 처리 시한이 있지만, 그런 경우가 많지 않고 시한 안에 업무를 처리해야 한다 하더라도 시간적 여유가 충분한 편이다. 그러나 기자는 매일 다가오는 마감 시간 때문에 그럴 여유를 갖지 못한다, 방송기자의 경우는 더하다. 신문기자에게는 마감 시간이 하루에 한번 있지만, 방송은 마감 시간이 매시간 있기 때문이 다.

(6) 사생활을 포기해야 한다

방송기자는 일반 직장보다 근무 시간이 긴 편이다. 일과 시간이 지 났거나 평일이 아니더라도 뉴스가 있는 한 근무를 해야 한다. 뉴스가 예기치 않게 발생하면 담당자는 퇴근이나 휴무를 포기해야 하기 일쑤 다. 대형 이슈가 생기면 며칠, 몇 주를 매달리기도 한다. 가족이나 친 구와의 약속을 지키지 못하거나 오랜 동안 계획한 정기 휴가를 미뤄 야 하는 경우도 비일비재하다. 뉴스 관련 부서 근무자가 모두 그런 것 은 아니지만, 외근 부서 근무자는 그런 경우가 많다.

(7) 경쟁이 치열하다

방송기자는 늘 자신이 보도한 뉴스의 소재와 내용, 질을 놓고 경쟁 매체의 기자와 경쟁해야 한다. 취재와 기사 작성, 방송을 끝내기만 하면 되는 것이 아니라 경쟁 매체보다 잘할 것을 요구받고, 그 결과를 토대로 평가를 받는다. 경쟁의 결과가 기자 자신의 평판이나 진로, 성패에까지 영향을 미치기도 한다.

방송사들이 같은 사안을 놓고 취재 보도 경쟁을 하는 경우가 많고 그 결과가 방송사의 명성이나 광고 수익에 큰 영향을 미치기 때문이다. 요즘은 경쟁이 더 심해지고 치열해졌다. 과거에는 방송사끼리만 경쟁을 했지만, 요즘은 인터넷 같은 뉴미디어도 경쟁에 가세했기 때문이다.

(8) 신체적 위험에 노출될 수도 있다

2006년 3월 팔레스타인 가자 지구에서 「KBS」의 용태영 특파원이 팔레스타인 무장단체에 납치되는 사건이 발생했다. 용태영 특파원은 다행히 하루 만에 무사히 풀려났지만, 중동 지역에서는 기자들이 납치돼 살해되거나 테러로 숨지는 경우가 적지 않다.

사실 기자라는 직업은 어느 정도 위험에 노출될 수밖에 없다. 위험 지역을 취재할 수밖에 없는 경우가 많고, 부정과 비리를 밝혀내다보면 불만을 품는 사람이나 집단이 나타나게 마련이다. 이 때문에 기자 본인뿐 아니라 기자의 가족이 위해를 당하는 경우도 종종 일어난다. 특히 신문기자와 달리 자신의 얼굴을 노출시켜야 하고 화면 확보를 위해 현장에 나갈 수밖에 없는 방송기자는 그런 위험에 직면하게 될 가능성이 더 크고 직면하는 위험의 정도도 더 크다.

2. 방송기자에게는 기본적으로 어떤 소양이 필요한가?

가. 표현력

방송기자는 시청자들이 알 가치가 있는 정보를 전달하는 일을 하는 직업이다. 정보를 시청자들이 정확하고 알기 쉽게 전달할 줄 아는 능력이 필수적으로 필요하다. 아무리 복잡하고 난해한 사안이라 하더라도 시청자들이 한번 들으면 바로 이해할 수 있도록 표현할 줄 알아야 한다.

보통은 전달할 내용을 미리 원고로 쓴 뒤에 녹음을 하거나 앵커 또는 아나운서가 대신 시청자들에게 전달하도록 하지만, 자신이 직접 카메라 앞에 서서 전달하는 경우도 많다. 특히 2004년의 국회 대통령 탄핵 결정, 1996년의 삼풍백화점 붕괴 사고, 2003년의 9.11 테러 사건과 같은 대형 사안이 발생하면 원고 없이 오랜 시간 동안 생방송으로 뉴스를 진행해야 한다.

따라서 취재한 내용을 문장으로 잘 표현하는 능력뿐 아니라 말로도 잘 표현할 줄 아는 능력을 기본적으로 갖추고 있어야 하며, 그런 준비를 제한된 시간 안에 빨리 마칠 수 있어야 한다. 방송 뉴스의 경쟁이 이제는 속보 경쟁 정도에 그치는 것이 아니라 실시간(Realtime) 방송 경쟁으로 바뀌어 가고 있기 때문이다.

나. 이해력

방송기자가 취재 일선에서 접하는 사안들은 대개 난해하고 복잡한 사안들이다. 단 한 번도 접해보거나 들어보지 않은 내용을 접하게 되는 경우도 있고, 접해본 적이 있는 사안이라 하더라도 내용이 복잡한 경우가 많다. 최근에는 미디어들이 전문기자를 육성하기 시작했지만, 전문기자라 하더라도 취재 일선에서는 자신이 잘 모르는 사안을 접하는 경우가 많다. 따라서 취재원이 무슨 이야기를 하는지를 빨리 깨달을 수 있는 이해력이 없으면 짧은 시간 안에 기사로 정리하기 어렵고 다른 매체 기자와의 경쟁에서 이기기 힘들다.

다. 사고력

기사 작성의 토대가 되는 기초 자료는 학창생활 때 많이 읽어봤던 참고서처럼 설명이 자세하거나 친절하지 않다. 꼭 필요한 내용만 담고 있는 경우가 대부분이다. 자료 자체도 필요한 자료 전량를 입수하게 되는 경우는 드물고, 일부만 단편적으로 입수하는 경우가 많다. 취재원을 만나거나 기자회견에 참석해 증언 또는 설명을 들을 때도 마찬가지다. 기사에 필요한 요건을 모두 완벽하게 갖춰 기자에게 이야기를 해주는 경우는 좀처럼 만나기 어렵다. 취재원 자신이나 기자회견 주체의 입장에서 일방적으로 이야기를 하는 것이 보통이다.

따라서 방송기자는 자신이 입수한 자료를 보고 이면에 숨어 있는 의미를 찾아내거나 기자회견 내용 밖의 의미까지 읽어낼 수 있는 사고력이 필요하다. 그렇지 않으면 취재원이나 발표자의 이야기를 단순히 전달하는 메신저 보이(Messanger boy)의 역할 밖에는 하지 못하게 된다.

라. 창의력

방송기자는 혼자서 문제를 해결하고 다른 매체와의 경쟁에서 이길 수 있는 방안을 찾아내야 하는 경우가 많다. 동료나 선배, 상급자가 도와주는 경우도 있지만, 문제 해결의 출발점은 결국 방송기자 본인이 되게 마련이다. 가령 뉴스 소재 개발의 방향에 대해 지시를 받기도 하고 취재 요령에 대해 다른 사람의 조언을 받기도 하지만, 소재를 개발하고 취재를 하는 사람은 기자 본인이기 때문이다. 따라서 경쟁매체보다 더 좋은 기사 소재를 착안하고, 개발해 낼 수 있는 창의성을 갖춰야 더 훌륭한 기자가 될 수 있다.

마. 대인 관계를 좋게 유지하고 말을 이끌어낼 수 있는 능력

방송기자는 사람 만나는 것이 일이다. 취재라는 것이 현실적으로 보면 기자가 남의 이야기를 듣고 그중에서 기사 작성에 필요한 사실들을 확보해나가는 과정이기 때문이다. 현장을 보고 관련 사실을 확보하는 경우도 있지만, 사람의 증언을 듣거나 사람으로부터 증거를 확보하는 경우가 더 많다. 그것도 잘 알거나 친분이 있는 사람으로부터 증언이나 증거를 확보하는 경우는 드물고, 잘 모르거나 알더라도 친분이 깊지 않은 사람을 상대로 취재해야 하는 경우가 대부분이다.

따라서 낯선 사람을 만나도 필요한 이야기를 이끌어낼 수 있고 대인 관계를 잘 유지할 수 있는 능력이 필요하다. 사람 만나는 것을 꺼리는 사람, 다른 사람과 이야기하는 것이 싫은 사람은 방송기자로 부적합하다.

바. 사회에 대한 관심

방송기자는 사회에 어떤 일이 일어나고 있는지를 알려주는 직업이다. 세상사에 대한 관심이 없으면 맡은 일을 잘 수행할 수 없다. 적어도 보통 사람 이상의 관심도가 필요하다. 특정 분야뿐 아니라 사회 전반에 대해 관심을 가져야 보다 좋은 뉴스를 발굴해낼 수 있다.

사. 관찰력

보도 가치가 큰 사안일수록 취재원이 감추려 들거나, 어느 한 언론사에게만 알리기보다 모든 언론사에게 동시에 알리려 한다. 따라서 관찰력이 없으면 취재원이 숨기려 하는 진실을 찾아내기 어렵다. 다른 매체 기자와의 경쟁에서도 이기기 어려움은 물론이다.

아. 균형 감각

기자는 세상을 바꾸는 사람이 아니다. 그보다는 세상에 어떤 일이 일어나고 있는지를 알리는 사람에 더 가깝다. 기자가 쓴 기사로 인해 세상이 바뀌는 경우가 많지만, 그것은 어디까지나 기사의 영향일 뿐이지 기사의 목적은 아니다.

또 방송기자가 알리는 기사는 여러 부류의 사람들이 본다. 어린이에서부터 노인까지, 가난한 사람에서부터 부자까지, 힘이 없는 사람에서부터 최고 권력자까지, 진보계층에서부터 보수층까지, 생각과 가치관이 서로 다른 사람이 함께 보는 매체가 바로 방송이다. 방송의 내용이, 뉴스의 내용이 어느 한쪽에 치우치면 불만과 항의에 직면하게 되기 쉽다.

한편으로 방송기자는 늘 진실을 알리려고 최선을 다하겠지만, 취재된 내용이 진실이라고 단정하기는 힘들다. 방송기자는 취재 대상이 된 사안을 직접 다룬 사람이 아니라 그 사안과 관련된 이야기를 전해들은 사람에 불과하고 전해들은 이야기도 그 사안의 전체가 아니라 일부인 경우가 많기 때문이다.

따라서 방송기자는 늘 이야기가 어느 한쪽에 치우치지 않도록 균형감각을 유지하는 것이 중요하고, 미리 그런 소양을 갖춰놓는 것이 중요하다. 특히 특정한 목적이나 의도가 취재 활동이나 기사 작성 과정에 끼어들어서는 안 된다.

자. 정신력과 체력

기자는 일반 직장인처럼 정시 출퇴근을 하기가 어렵다. 자기가 담당한 분야에 급히 취재할 일이 생기면 출근시간을 앞당겨야 하고, 퇴근을 미뤄야 하는 경우가 비일비재하다. 큰 사건이 생기면 며칠, 몇 주씩 퇴근을 하지 못하고 취재에 매달려야 하는 경우도 적지 않다. 또 그런 사건일수록 매체 간의 경쟁이 치열하다. 정신력과 체력이 약하면 감당해내기 힘들다. 주 5일 근무제가 도입되고 휴일에 근무하면 대신 평일에 하루를 쉬는 대휴 제도가 생기긴 했지만, 대형 사건이 생기면 소용없기 때문에 이 정도 강도의 근무를 견뎌낼 수 있는 정신력과 체력이 필요하다.

이렇게 써놓고 보니 방송기자에게는 참 많은 소양이 필요한 것 같다. 그러나 그런 소양을 다 완벽하게 갖춘 사람은 기성 기자 중에도 없다. 이런 소양들을 많이 갖추면 갖출수록, 또 잘 갖추면 잘 갖출수록 훌륭한 기자가 될 가능성이 높은 것이지, 몇 가지 소양이 부족하다고 해서 방송기자로서 일을 할 수 없는 것은 아니다. 다 같은 방송기자라 하더라도 내근기자냐 외근기자냐에 따라 필요한 소양이 다르고, 담당 업무의 성격에 따라 필요한 소양이 다르기 때문이다.

3. 국내 방송사의 뉴스 제작 시스템

가. 뉴스 제작 조직

국내 방송사들은 공통적으로 세 가지 기능의 뉴스 제작 부서들을 갖추고 있다.

1) 각종 뉴스를 취재, 발굴해 기사로 만들거나 직접 전달하는 부서

2) 이들이 만든 뉴스 중에서 어떤 뉴스를, 어느 정도의 비중으로, 어떻게 시청자들에게 전달할 것인지를 판단하고, 해당 뉴스를 송출하는 부서

3) 이들과 별도로 다큐멘터리나 주간 시사프로그램, 또는 토론 프로그램 같은 심층물을 만드는 부서

또 각종 뉴스를 취재, 발굴하는 조직은 크게 봐서 정치·경제·사회·문화·국제 분야의 뉴스를 담당하는 부서와 스포츠 분야를 전담하는 부서로 나눌 수 있다.

명칭은 각사의 인사 편성 정책에 따라 본부·국·부·팀 등 여러 가지를 사용한다.

나. 방송 제작 양태

(1) 취재부서

방송기자별로 담당 취재 분야를 할당받아 뉴스 소재를 개발하고 기사를 작성한다.

<방송사의 보도 관련 조직>

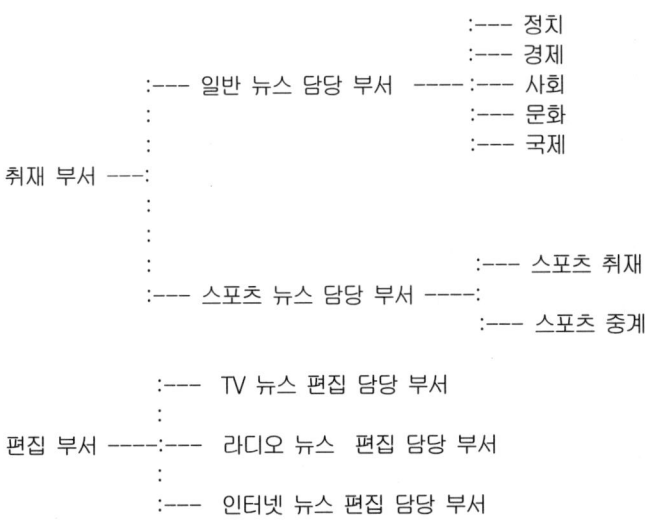

```
                          :--- 다큐멘터리 제작 부서
                          :
                          :
  심층물 제작 부서 ---:--- 주간 시사 프로그램 제작 부서
                          :
                          :
                          :--- 토론 프로그램 제작 부서
```

정치 분야 기자들은 청와대와 총리실·감사원·외교통상부 같은 행정부의 여러 부처와 국회·정당·선관위 같은 입법부 관련 기관을 취재하고, 경제 분야 기자들은 재경부와 예산처 같은 경제 관련 정부 기관과 각 기업을 맡는 식이다.

사회 분야 기자들은 사법부와 경찰, 교육부나 환경부, 보건복지부 같은 정부 사회 관련 부처, 그리고 시민단체에 대한 취재를 담당하고, 문화부는 영화와 공연·전시회 같은 문화예술 활동을, 스포츠 분야 기자들은 각종 스포츠 활동을 취재하는 것이 보통이다.

국제 분야 담당 기자들은 주한 외교관이나 외신을 활용해 기사를 쓰기도 하고, 해외지국이나 외국의 뉴스 현장에서 취재 활동을 벌이기도 한다, 여러 분야가 동시에 관련된 뉴스가 발생하면 합동취재반을 구성하기도 하지만, 각 취재부서가 독립적·독자적으로 담당 분야만 취재하는 것이 일반적이다.

각 기자들은 출입처라고 불리는 담당 기관이나 단체를 지정받아 취재 활동을 벌인다. 기관이나 단체의 사회적 중요도나 뉴스 발생 빈도에 따라 여러 명이 동시에 출입하기도 하고, 1명이 출입하기도 한다. 그런가 하면 기자 1명이 여러 기관이나 단체를 맡기도 한다. 정치 분

야와 경제 분야, 사회 분야, 문화 분야, 그리고 스포츠 분야는 대체로 출입기자라고 불리는 전담기자가 배치되지만, 국제 분야는 없는 경우도 있다.

취재 활동은 기자들이 매일 아침 출입처로 나가 취재원을 만나고 출입처에서 벌어지는 일들을 취재하거나, 브리핑 또는 기자회견을 통해 기사 작성에 필요한 정보를 얻는 형태로 이뤄진다. 기사화할 만한 소재가 확보되면 그때마다 방송사로 송고하기도 하고, 급한 기사가 아닐 경우 회사로 돌아가 상급자와 상의한 뒤 기사화 여부를 결정하기도 한다.

취재기자들이 송고하거나 기사화하는 것이 좋겠다고 판단한 사안들이 모두 방송되는 것은 아니다. 부장이나 팀장이라고 불리는 각 부서 책임자들이 편집회의를 보도책임자 주재 하에 매일 2~3차례씩 열어 뉴스의 기조와 주요 기사의 보도 여부를 확정하기 때문에 각 부서는 책임자들이 편집회의에 상정하지 않는 기사는 방송되지 않을 수도 있다. 또 통상적인 기사는 편집부서가 중요도를 판단하고 방송 여부를 결정한다.

(2) 편집부서

편집부서는 취재부서와 달리 출퇴근 시간이 일정하다. 자신이 담당한 프로그램만 책임지면 되기 때문이다. 근무자들은 담당 프로그램 방송 몇 시간 전에 전에 출근해 어떤 기사들을 어떤 순서, 어느 정도의 분량, 어떤 방식으로 방송할 것인지를 정하고 편집 책임자의 승인을 받아 방송하면 업무가 끝나는 것이 보통이다. 그 이후에 발생한 뉴스는 그 다음 뉴스 프로그램 담당자가 맡는다. 심야 뉴스나 아침 뉴스의 경우는 교대 근무조를 편성해 맡기기도 한다.

심야 뉴스나 아침 뉴스 근무조는 따라서 하루 근무하고 2~3일을 쉬고 다시 근무하는 업무 형태긴 하지만, 1년의 1/3 정도를 철야로 근무해야 하는 경우도 있다.

(3) 심층물 부서

다큐멘터리나 주간 심층 시사물, 또는 시사토론 프로그램을 담당하는 부서의 근무자는 일반 취재부서와 근무 형태가 다르다. 기자들이 프로그램 전체를 돌아가면서 한 번씩 제작하기도 하고, 여러 명이 프로그램을 분담해 제작하기도 한다.

방송 소재는 기본적으로 1주일에 한 번씩 부서원 전원이 참석하는 기획회의를 열어 결정하는 것이 보통이다. 각 기자들이 어떤 소재를 방송하는 것이 좋겠는지 생각해 기획회의 때 제안을 하면 구성원들의 토론 과정을 거쳐 방송 여부를 결정하는 식이다. 기획안을 낸 부서원들의 의견이 존중되지만 방송 여부 결정권은 부서 책임자에게 있는 것이 원칙이다.

4. 방송 기사 작성의 기본 원칙

가. 방송 기사의 종류

방송 기사는 어떤 매체용이냐에 따라 라디오 기사와 TV 기사로 나

뉜다. 라디오 뉴스용으로 작성한 기사가 라디오 기사고, TV용으로 작성한 기사가 TV 기사다. 라디오 기사나 TV 기사 모두 방송 기사의 고유 특징을 공통적으로 갖고 있지만, 라디오 기사는 TV 기사보다 길이가 다소 긴 경우가 많다. 라디오가 TV보다 뉴스를 더 많이 방송하고, 방송 시간도 긴 편이기 때문이다. 또 TV 뉴스는 정보의 일부를 화면이나 자막으로 전달할 수 있기 때문에 기사 내용의 일부를 생략하고 라디오 기사보다 덜 자세하게 작성해도 시청자들이 이해할 수 있지만, 라디오 기사는 음성만으로 내용을 전달하기 때문에 내용을 생략하면 청취자들이 잘 이해하지 못할 수도 있다. 따라서 라디오 기사는 TV 기사보다 더 자세하고 길게 쓰는 경우가 많다.

한편 방송 기사를 전달 방식에 따라 분류하면 스트레이트 기사와 리포트 기사로 나눌 수 있다. 앵커나 아나운서에게 내용을 전달하는 용도로 작성하는 기사가 스트레이트 기사고, 기자나 리포터에게 전달시킬 용도로 작성한 기사가 리포트 기사다.

두 가지 기사는 여러 차이를 갖고 있다. 우선 길이 면에서 리포트 기사가 스트레이트 기사보다 긴 편이고, 스트레이트 기사는 편집을 전제로 작성해야 하는 반면, 리포트 기사는 배정 시간만 지키면 그럴 필요가 없다. 또 스트레이트 기사는 편집 과정에서 기사 뒷부분이 잘려 방송되지 못할 수도 있기 때문에 중요도 순서로 내용을 써야 하는 반면에, 리포트 기사는 전체적인 내용 구성을 어떻게 하는 것이 더 좋겠는지를 따져서 기사를 작성하는 것이 좋다.

나. 기본 원칙

(1) 5W 1H를 갖춰야 한다

방송 기사도 기사의 한 종류다. 5W 1H(Who·When·Where·What·Why·How) 원칙에 맞도록 써야 한다. 짧은 기사든 긴 기사든 이 요건을 갖추지 않으면 제대로 된 기사라고 할 수 없다. 기사란 역사의 기록이기 때문이다. 기사를 읽는 사람이 현장을 보지 않고도 어떤 일이 있었는지를 알 수 있도록 5W 1H에 해당하는 정보는 한 가지도 빠뜨리지 않고 기사에 담아야 한다.

(2) 구어체로 쓴다

방송 기사는 글로 사실을 전하는 것이 아니라 말로 사실을 전하는 것이다. 사람이 대화를 나눌 때 사용하는 것처럼 기사를 작성해야 시청자가 이해하기 쉽다. 문장을 구어체로 끝내야 할 뿐 아니라 단어도 가급적 일상대화에서 많이 사용하는 것으로 활용한다.

(3) 경어를 사용한다

방송의 존재 이유는 시청자나 청취자를 위해서다. 전파는 공공의 재산이기 때문에 방송의 주인이 되기도 하고, 방송 내용을 소비하는 고객이기도 하다. 시청자 중에는 고령자가 많이 포함돼 있기도 하다. 경어로 예의를 표시하는 것이 원칙이다.

(4) 쉽게 쓴다

신문 기사는 내용을 이해하기 어려울 경우 다시 읽어볼 수 있지만, 방송 기사는 다시 읽어볼 수가 없다. 한번 지나가면 그만이다. 시청자나 청취자가 늘 정신을 집중해서 뉴스를 보거나 듣지도 않는다. 산만한 환경에서 뉴스를 보거나 듣는 경우가 많고, 무엇인가를 하면서 뉴스를 보거나 듣는 경우도 많다. 쉽게 쓰지 않으면 시청자나 청취자가 내용을 놓치기 쉽다. 생소한 단어나 약어, 외국어, 흔히 쓰지 않는 한자어, 이해하기 어려운 표현, 복잡한 문장 구조는 피하는 것이 좋다. 미국의 방송사 중에는 편집 부서에 대학을 다니지 않은 노인을 배치해 노인이 방송 전에 미리 읽어보도록 하고 그 노인이 이해하지 못하면 기사를 다시 쓰게 하는 곳도 있다.

(5) 문장은 짧게 쓴다

방송 기사는 앵커나 아나운서, 기자가 읽어서 내용을 전달한다. 문장이 길면 읽기가 힘들 뿐 아니라 듣는 사람도 내용을 이해하기 힘들다. 중간에 숨을 쉬지 않고도 단번에 읽어낼 수 있을 정도로 짧은 문장을 사용하는 것이 좋다.

(6) 숫자를 많이 나열하지 않는다

숫자는 일반적으로 기사의 구체성과 신뢰도를 높이는 효과가 있기 때문에 많이 활용된다. 그러나 빠른 속도로 전하는 방송 기사에 숫자가 많이 포함되면 시청자나 청취자가 내용을 소화하지 못해 기사의 전달력이 떨어진다. 중요한 숫자, 핵심적인 통계를 제외하고는 과감하게 생략하는 것이 더 좋다. 특히 한 문장에 여러 개의 통계 숫자를 포함시키는 것은 가급적 피한다.

(7) 중요한 것부터 쓴다

방송 기사의 대상이 되는 사안은 복잡한 경우가 많다. 짧은 기사에 내용을 다 담는 것이 사실상 불가능하다. 중요한 것부터 기사에 담고 나머지는 본질을 왜곡하지 않는 한 과감하게 생략한다.

특히 방송 기사는 스트레이트 기사든 리포트 기사든 편집을 전제로 한 것이기 때문에 중요한 것부터 쓰지 않으면 편집 과정에서 중요한 내용이 잘려 시청자나 청취자에게 전달되지 않는 경우가 발생할 수도 있다.

(8) TV용 기사는 화면을 염두에 두고 쓴다

TV 뉴스는 영상과 음성, 두 가지로 내용을 전달한다. 영상과 음성으로 내용을 전달할 때 채널이 잘 어울리면 전달력이 배가되지만, 서로 맞지 않으면 전달력을 오히려 떨어뜨린다. 시청자들이 영상을 이해하느라 음성을 제대로 이해하지 못하게 되거나 반대로 음성을 이해하느라 영상을 제대로 이해하지 못하게 되기 때문이다. 어떤 화면과 함께 방송될 것인지를 미리 파악해서 화면에 맞게 기사를 작성해야 이런 문제를 막을 수 있다.

방송작가의 조건과 글쓰기

김 미 라

일반적으로 방송작가는 크게 드라마 작가와 구성 작가로 나뉘며, 그들의 작업 방식 역시 전혀 다르다.

구성 작가들은 담당하는 프로그램 영역 및 장르에 따라 라디오 작가, 교양 작가, 다큐멘터리 작가, 예능 작가, 코미디 작가 등으로 분류되어, 결국 구성 작가는 드라마를 제외한 프로그램들의 기획에서부터 구성, 대본 작성을 담당하는 일련의 작가군을 통칭한다고 할 수 있다. 여기서는 방송의 글쓰기 양식을 이야기하는 데 있어 가장 적합한 교양 및 다큐멘터리 작가를 중심으로 그들의 역할과, 글쓰기 방식에 관해 살펴보겠다.

1. 구성 작가의 역할

구성 작가라는 직종이 방송 현장에 본격적으로 등장한 것은 1980년

PD수첩 등 다양한 다큐프로를 담당해온 MBC 전속작가 출신으로 서울여대 언론영상학부 교수. 이화여대 신문방송학과와 동 대학원 신문방송학과에서 박사학위를 취득했다. 이메일 주소는 sohae81@hanmail.net.

대 말이었다. 이때까지만 해도 프로그램 연출자가 프로그램의 기획과 구성, 섭외는 물론 직접 대본까지 쓰는 일이 흔한 일이었다. 그런데 1980년대 말로 접어들어 방송 산업의 규모 및 영향력이 증폭되고, 이후 민영방송 「SBS」의 개국으로 방송시간 경쟁이 치열해지면서 방송 인력의 전문화와 분업화가 가속화되었고, 이런 방송 환경의 변화에 따라 구성 작가라는 전문적인 직업군이 탄생한 것이다. 이들 구성 작가 들은 양적인 성장을 거듭해 왔고, 방송 프로그램 제작 과정에서의 역할과 영향력 또한 날로 확대되어 방송 전문 인력으로서의 확고한 위상을 구축하고 있다.

흔히 구성 작가라고 하면 시나 소설 등 순수문학을 하는 작가와 마찬가지로 '작가'라는 명칭이 붙기 때문에 단순히 방송 프로그램의 진행 대본이나 다큐멘터리의 해설(narration)을 쓰는 사람들로 인식돼 왔다. 그러나 이는 방송 현장을 전혀 모르는 사람들의 오해에 불과하다. 순수문학을 하는 작가들이 독자적인 '글쓰기' 작업을 통해 자신의 정신세계나 사회에 대한 통찰력을 작품 속에 풀어낸다면, 구성 작가들은 하나의 프로그램이 기획돼 시청자들이 안방에서 시청하는 완제품이 만들어지기까지 아이디어 발상, 구성·섭외·촬영·편집·대본 작성 등 전체 제작 과정에 관여한다. 따라서 구성 작가의 역할은 '글쓰기'라는 제한된 범주에 그치지 않고, 프로듀서와 함께 방송 소프트웨어를 만들어 내는 양대 축이라고 할 수 있다. 그런 만큼 구성 작가에게 '글쓰기'는 분명 중요한 작업이긴 하지만, 하나의 방송 프로그램이 완성되기까지 해야 할 많은 작업 가운데 하나이다. 따라서 구성 작가의 역할은 어떤 '허구(fiction)'의 세계를 창작해 내는 것이라기보다는 오히려 전체 방송 프로그램의 형식과 내용을 엮어내는 구성에 있다고 할 수 있다.

2. 구성 작가의 조건

누군가 구성 작가가 되기 위해서 어떤 자질과 조건을 갖춰야 하는지 묻는다면 결코 대답하기가 쉽지 않다. 실제 방송 현장에서 활동하고 있는 작가들을 살펴봐도 얼핏 보기에 '글쓰기'와는 다소 동떨어져 보이는 수학화학 전공자 등 다양한 배경과 지식을 가진 작가들이 포진해 있다. 그러나 방송 현장에서 15년 동안 필자가 구성 작가로 활동하면서, 많은 후배들의 입문과 성장 과정을 지켜보면서 느낀, 좋은 작가가 되기 위해 필요한 몇 가지 덕목을 정리해보면 다음과 같다.

(1) 세상과 인간에 대한 관심이 필요하다

어떤 분야를 막론하고 작가라는 직업은 결국 자신이 살고 있는 사회와 주변 인물들에 대한 분석과 깊은 성찰을 통해 글로써 한 시대의 의식과 담론을 담아내는 것이라고 할 수 있다. 특히 교양 및 다큐멘터리를 담당하는 구성 작가들은 방송 프로그램을 통해 우리 사회에 끊임없이 '의제(agenda)'를 제시하는 역할을 하는데, 이러한 작업은 어떤 사회 현상과 인간에 대한 관심에서 시작된다고 해도 과언이 아니다. 결국 우리 사회의 가장 뜨거운 이슈가 무엇인가, 문화적 트렌드는 무엇인가, 누가 대중들에게 관심 있는 인물인가 등에 대한 탐색과 고민을 통해 구성 작가들은 방송 프로그램의 소재, 즉 아이템을 찾게 되기 때문에 보통 사람들보다 적극적인 관심과 시선으로 사회 현상과 인간의 삶, 그 내면을 들여다볼 수 있어야 한다.

(2) 사회 변화를 읽을 수 있어야 한다

TV가 다루는 내용들은 뉴스·드라마·다큐멘터리 등 장르의 구분 없이 궁극적으로는 현실의 재현이라고 할 수 있으며, 대중적 매체인 TV는 그 사회의 보편적 정서와 가치들을 반영하고 추구한다. 특히 현대 사회는 그 변화의 속도를 따라잡기 힘들 만큼 급속하게 변화하고 있는데, 만일 구성 작가가 이런 변화들을 읽어내지 못한다면 자연히 현실과 동떨어진, 또는 우리 사회의 보편적 정서를 외면한 프로그램을 만들 수밖에 없을 것이다.

(3) 선입관과 편견으로부터 자유로울 수 있어야 한다

TV는 연령·학력·사회경제적 지위가 다양한 불특정 다수를 시청대 상으로 하는 매체이다. 따라서 구성 작가에게는 어떤 특정 계층이나 정치적·종교적 성향에 대한 선입관과 편견을 배제하고, 사회 구성원들의 다양성을 인정하는 자세가 필요하다. 예를 들어, 어떤 작가가 성적 소수자인 동성애자들에 대해 자신의 성향이나 종교적 이유 때문에 편견을 가지고 있다면, 객관적이고 공정한 시각으로 이들의 문제를 프로 그램에 담아낼 수는 없을 것이다.

(4) 지적 탐구심과 논리적 사고력이 필요하다

구성 작가는 프로그램의 기획부터 대본 작성까지 그야말로 정보와 자료와의 싸움을 계속할 수밖에 없다. 구성 작가는 허구의 세계를 창작해내는 것이 아니라 어떤 사실들(facts)을 토대로 아이디어와 소재를 얻고, 그에 대한 분석을 통해서 어떤 현상에 의미들을 부여해 나가는 작업을 한다. 때문에 지적인 탐구심과 함께, 그것을 시청자가 이해하기 쉽게 풀어내는 논리적 사고력이 없다면 견디기 힘들다. 뿐만 아니라 구성 작가는 자신의 전공과 무관한 다양한 소재, 주제들을 다뤄야 하기 때문에 자료와 정보를 섭렵함으로써 전문적 지식을 갖춰나가야 한다. 현실적으로 자신이 내용을 모르면서 방송 프로그램을 구성하고 대본을 쓴다는 것은 불가능한 일이다.

(5) 투철한 사회의식과 역사의식이 있어야 한다

방송기자나 프로듀서와 마찬가지로 구성 작가는 단순한 창작인이 아니라 이른바 제4의 권력이라 불리는 언론, 특히 방송이라는 엄청난 영향력을 가진 매체의 소프트웨어를 직접 생산하는 언론인의 기능을 하고 있다. 따라서 이들이 가지고 있는 사회의식과 역사적 인식은 방송 프로그램의 내용에 직접적으로 영향을 미치게 되고, 이에 따라 사회문제를 다루는 교양 및 다큐멘터리 구성 작가에게는 올바른 세계관과 역사관이 요구된다.

(6) 순발력과 창의성은 필수 조건이다

방송 프로그램을 만드는 구성 작가들은 일단 편성 시간이 확정되면 무슨 일이 있어도 정해진 시간 안에 프로그램의 구성과 대본쓰기 등 자신이 맡은 작업을 끝마쳐야 한다. 그런데 방송 프로그램의 제작은 여러 가지 과정을 거쳐야 하기 때문에 늘 시간이 촉박하고, 막상 제작에 들어가면 예상과 달리 현장 상황이 변화하기 때문에 무엇보다 프로듀서와 작가의 순발력을 요구한다. 또한 방송 프로그램은 공산품과 같이 규격화된 제품이 아니라 프로듀서와 작가의 아이디어에 따라 프로그램의 질이 결정되는 창작물로서 구성 작가에게 창의성은 생존을 위한 필수 조건이라고 할 수 있다.

(7) 언어 능력과 표현 능력을 갖춰야 한다

휴대전화와 문자메시지에 익숙한 젊은 세대들에게 글쓰기는 이제 인내를 요구하는 고통스런 일이 되었다. 그러나 정해진 시간 안에 방송 프로그램의 대본을 써야 하는 구성 작가들에게 언어 능력과 글쓰기 능력은 숙명적으로 갖춰야 할 자질 가운데 하나이다. 텔레비전이 영상매체라고는 하지만 하나의 방송 프로그램이 완성되기 위해서는 언어라는 상징을 통한 설명과 해석, 의미 부여가 필수적이다. 따라서 구성 작가들은 텔레비전이라는 매체의 속성과 청각을 통해 전달되는 방송 글의 특성을 이해하고, 그에 적합한 글쓰기 방식을 체득할 수 있도록 끊임없는 훈련이 필요하다.

3. 방송 글의 특성과 대본 쓰기

(1) 대본의 기능

방송 프로그램의 구성안이 전체적인 골격과 틀을 제시하는 것이라면 TV 프로그램의 대본은 시청자가 방송되고 있는 영상을 더욱 쉽게 이해할 수 있도록 상세한 설명과 살을 붙이는 작업이라고 할 수 있다. 따라서 TV 프로그램의 대본은 그것이 스튜디오 진행 대본이든 편집된 ENG 취재물의 대본이든지 간에 기본적으로 다음과 같은 기능을 한다.

1) 프로그램을 진행하는 데 필요한 MC와 출연자들의 기본 멘트를 제공한다

구성 프로그램이나 다큐멘터리를 막론하고 TV 프로그램은 구성 순서에 따라 사전에 작성된 작가의 대본에 따라 프로그램이 진행되고 전개된다.

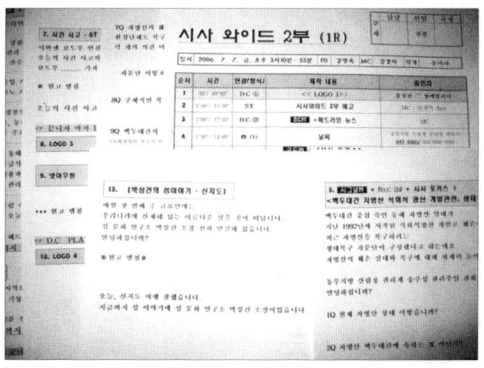

한 방송사 작가가 작성한 대본   ⓒ 박상건

153

2) 프로그램의 성격과 의미 등을 규정한다

대본은 단순한 영상만으로는 알 수 없는 프로그램의 성격과 의미를 명료하게 규정함으로써 시청자들에게 프로그램에 대한 사전 정보를 제공, 이해를 돕고 공감대를 형성한다.

> 예) "오늘은 바로 우리의 미래인 어린이들이 가장 신나는 '어린이날'입니다. 그런데 이렇게 좋은 날, 우리 주변에는 병상에서 병마와 싸우는 어린이들이 적지 않습니다. 이 시간은 바로 이런 어린이들을 위해 여러분들이 조그만 정성을 모아 주시는 그런 시간입니다. 여러분의 작은 정성이 이 새싹들에게 힘과 용기가 될 텐데요….."

이것은 어린이날 특집 방송의 오프닝 대본인데, 시청자는 이와 같은 MC의 말을 통해서 이 프로그램이 병마와 싸우는 어린이들을 위한 성금 모금방송이라는 것을 알고 방송을 시청하게 된다.

3) 영상에서 보여지지 않는 부가적인 정보를 제공한다

대본은 시청자가 영상만으로는 알 수 없는 어떤 상황이나 사실, 인물 등에 관한 부가적인 정보를 제공한다.

> 예) "지금 보시는 이 도자기는 고려시대 것으로 시가 1억원을 넘는다고 합니다."

화면에 도자기 하나가 보인다고 하자. 그런데 이와 같은 설명이 없다면 시청자는 단지 그것이 도자기라는 것만 알 뿐, 시가 1억 원이나 하는 고려시대 유물이라는 것을 알 길이 없을 것이다.

(2) 방송 글의 특성

대본을 작성하는 구성 작가는 먼저 방송 글이 일반 순수문학과 다르다는 점을 이해해야 한다. 그것은 텔레비전 매체의 속성에 기인하는 것들인데, 가장 대표적인 특성은 다음과 같다.

1) 방송 글은 눈으로 읽는 것이 아니라 귀로 듣는 것이다

장르에 관계없이 방송 언어는 시청자에게 문자로 전달되는 것이 아니라 진행자나 성우 등 누군가의 목소리, 즉 말을 통해 전달되기 때문에 문어체가 아닌 구어체로 써야 하며, 전달력을 높이기 위해 가급적 간결한 단문을 사용한다.

2) 방송 글은 객관성과 보편성을 가져야 한다

방송 프로그램의 대본은 불특정 다수의 시청자들을 대상으로 전달되기 때문에 객관적이고 보편적인 표현, 작가 혼자만이 아는 글이 아닌 사회화된 문장을 써야 한다. 물론 다큐멘터리의 내레이션 대본이나 시사프로그램 등의 대본은 조금 다를 수 있다.

3) 방송 글은 전달자의 캐릭터에 맞게 써야 한다

방송 대본은 누군가의 목소리로 전달되는 글이다. 따라서 작가가 대본을 쓸 때는 전달자의 성별·연령·직업·캐릭터에 맞는 글을 쓰는 것이 중요하다.

(3) 대본 쓰기의 기본 원칙

1) 일상적인 구어체를 사용한다

의미의 왜곡이 없는 범위 내에서는 축약형을 사용하고, 문어체적인 한자 표현 등을 사용하지 않는다.

예) 기강 쇄신을 위하여 → 기강을 바로잡기 위해
철야조사를 벌였다 → 밤새 조사했다

2) 누구나 알 수 있는 쉽고 보편적인 용어와 어휘를 선택한다

TV 매체는 앞서 설명한 바와 같이 연령·성별·교육·직업 등이 다른 다양한 시청자들을 대상으로 하며, 특정 주제에 대해 어떤 시청자는 상당 수준의 지식을 가지고 있는가 하면 어떤 시청자는 전혀 무지할 수 있다. 따라서 작가는 쉽고 보편적인 용어와 어휘를 선택할 수 있도록 노력해야 하는데, 부득이 전문 용어나 약어 등을 사용할 경우에는 반드시 자막으로 그 내용을 설명하여 시청자의 이해를 도와야 한다.

3) 방송 언어는 청각을 통해 순간적으로 전달되므로 가급적 간결체 단문을 사용한다

예) "그녀는 오늘따라 기분이 우울해서 노란 점퍼를 입고 시내에 나가 쇼핑을 했다."

　⇒ "그녀는 기분이 우울해 노란 점퍼를 입었다. 그리고 시내에
가 쇼핑을 했다."

4) 특별한 이유가 없는 한 능동형의 표현을 쓴다

　청각을 통해 전달되는 방송 대본의 경우 피동형을 쓰게 되면 듣는
시청자의 입장에서 행위의 주체가 불분명해진다. 따라서 방송 대본에
서는 주인공의 심리 묘사 등, 아주 특별한 경우가 아니면 능동형을 쓰
는 게 원칙인데, 영어의 사용이 일반화되면서 언제부턴가 무의식적으
로 피동형 사용이 빈번해지고 있다. 또한 사역동사를 다시 피동형으로
쓰는 이중 피동형을 쓰는 것 역시 삼가야 한다.

　예) 모여지다 ⇒ 모이다(O)
　　　보여지다 ⇒ 보이다(O)

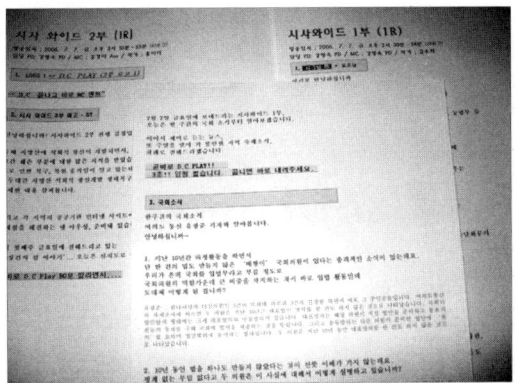

대본은 능동형으로 쉽고 짧게 쓴다　　　　　　ⓒ 박상건

5) 의미 전달에 오류가 있을 수 있는 관념적인 표현이나, 수식어를 지나치게 쓰는 것을 삼간다

예) "오늘따라 내 마음이 <u>하늘의 구름</u> 같다."

작가가 감정의 상태를 나타내기 위해 "하늘의 구름 같다"는 표현을 사용했을 때, 듣는 시청자는 맥락에 따라 작가가 말하고자 하는 바를 이해할 수도 있지만, 그 자신의 기분에 따라 새털구름처럼 설레고 들뜬 상태로도 해석할 수 있고, 반대로 하늘의 먹구름과 같이 침울한 상태로 이해할 수도 있다.

예) "어머니는 그 이름만으로도 아름답다."(O)
　"어머니는 그 이름만으로도 마치 한 떨기 가을날 국화처럼 아름답다."(X)

어머니를 표현하는 데 있어 첫 번째 문장으로 충분하다. 그러나 작가들은 때로 시청자가 자신이 표현하고자 하는 의미를 이해하지 못할 수도 있다는 생각에 불필요한 부사와 형용사 등 군더더기를 붙임으로써 오히려 함축적 느낌을 살리지 못하는 경우가 적지 않다.

6) 표준어를 사용하며, 비속어나 외국어는 가급적 사용하지 않는다

공공적 매체인 텔레비전에서는 표준어를 사용하는 것이 원칙이며, 비속어나 외국어를 사용하지 않도록 주의해야 한다. 간혹 연예오락 프로그램 등에서 출연자들이 비속어를 사용하는 것에 대해서는 시청자들이 용인하는 것이 사실이나, 뉴스나 시사, 교양, 다큐멘터리 등에서 비속어의 사용은 심각한 문제가 될 수 있다.

7) 지나치게 작가의 주장이 드러나는 강건체나 단언하는 표현은 삼간다

객관성을 지향하는 방송 프로그램 대본에서는 작가의 의견이나 주장, 또는 사실에 근거하지 않고 단언하는 표현 등은 사용하지 않는 것이 원칙이다.

예) "많은 사람들이 그를 보기 위해 왔다."(O)
"많은 사람들이 그를 보지 않으면 안 되겠다는 절실한 마음 하나로 왔다."(X)
"그는 우리 시대 최고의 영웅으로 평가받아야 마땅하다."(X)

8) 영상으로 보이는 내용은 설명하지 않는다

TV는 영상을 통해 1차적인 메시지를 전달하므로 영상을 통해 누구나 알 수 있는 사실은 굳이 대본으로 쓸 필요가 없다.

예) "그는 녹색 넥타이를 매고 있다."(X)
"그는 자신의 청렴함을 강조하기 위해 녹색 넥타이를 선택했다."(O)

화면에 녹색 넥타이를 맨 한 남성의 모습이 보일 때 이미 시청자는 그가 녹색 넥타이를 매고 있다는 사실을 인지하게 된다. 따라서 굳이 영상을 통해 알 수 있는 내용을 설명할 필요는 없다는 것이며, 아래 문장과 같이 화면으로 보이지 않는 다른 정보나 의미들을 부연할 필요가 있을 때 대본으로 표현한다.

9) 사실적 정보와 분위기나 판단, 의미 등을 부여하는 대본을 구별해서 쓴다

대본의 기능은 단순한 사실이나 정보의 전달에 있는 것이 아니라 영상의 내부에 생명력을 부여함으로써 시청자의 몰입과 감정이입을 유도한다. 따라서 작가는 시청자가 어떤 상황을 이해할 수 있도록 하는 정보성 대본과 구별해서, 시청자의 감정이입을 불러올 수 있고 분위기를 고양시킬 수 있는 표현을 어느 대목에 쓸지 고민해야 한다.

10) 영상보다는 짧다는 느낌으로 써야 한다

영상은 숨쉴 공간이 필요하고, 시청자들 또한 내레이션의 내용을 반추할 수 있는 시간을 필요로 한다. 따라서 방송 대본은 기본적으로 영상보다 조금 짧게 쓰는 것이 원칙이며, 지나치게 대본 분량이 많아지면 시청자는 그것을 듣는 것만으로 벅차 영상을 느끼고 감상할 기회를 잃게 된다. 특히 다큐멘터리 내레이션의 경우 배경음악 등이 삽입되므로 음악이 주는 분위기와 느낌을 살리기 위해서라도 대본이 영상보다 짧은 것이 좋다.

라디오 방송기자의 특징과 글쓰기

전 소 연

1. 라디오 방송기자의 특징

1) TV 뉴스 vs 라디오 뉴스

TV와 라디오 뉴스의 가장 큰 차이점은 화면(그림)의 있고 없음이다. TV의 경우, 현장 모습과 각종 그래픽, 문자를 이용해 말로 설명이 부족한 부분을 보완하거나 쉽게 풀어서 보여줄 수 있다.

하지만 라디오의 경우, 소리에만 의존할 수밖에 없다. 따라서 청취자의 이해를 돕기 위해서는 기자나 앵커의 멘트를 더욱 간결하게 써야 한다. 아울러 논거를 뒷받침하거나 인터뷰 당사자의 주장을 나타내기 위해 인터뷰를 효과적으로 사용해야 하며, 현장 상황은 현장 음향을 삽입함으로써 생생하게 전달할 수 있다.

라디오 뉴스도 TV와 마찬가지로 종합뉴스 등과 같이 주력 뉴스 시간이 정해져 있지만, 화면이 필요 없다는 특징상 뉴스 연결이 간단해

성균관대 언론정보대학원(석사)을 졸업하고 2000년 「TBS」(교통방송)에 입사한 후 교통팀, 정치팀, 수도권팀 등을 거쳤고, 현재는 자동차 업체를 출입하며 기획취재를 담당하고 있다. 2003년에는 「TBS」의 첫 시사 프로그램인 '윤은기의 굿모닝서울' PD로 활약했다. 이메일 주소는 soyeonjeon@hanmail.net.

시청 기자실　　　　　　　　ⓒ 교통방송

중요한 사안이 있을 때는 바로바로 리포트를 할 수도 있다. 또 거의 매 시간 뉴스(종합뉴스를 제외하고는 주로 5분간 방송)가 편성돼 있고, 스포츠 뉴스와 수도권 뉴스 등으로 특화돼 있기도 하다.

특히 라디오 방송국은 TV 방송국보다 규모가 작아 조직 구성이 세분화돼 있지 못하기 때문에, 한 사람이 여러 출입처를 맡거나 편집, 보도 프로그램 제작 등을 직접 하는 등, 멀티플레이어 역할을 해내야 할 경우도 있다.

2) 라디오 방송기자 24시

기자는 출입처를 중심으로 취재하고 기사를 쓴다. 즉, 정치부·경제부·사회부 등으로 나눠진 팀에서 각자에게 배당된 출입처를 관리한다. 예를 들어, 출입처가 서울 시청일 경우 하루 취재 과정은 이렇다.

07시 20분 : 출근길 버스에서 아침 뉴스를 모니터한다.

08시 20분 : 시청 기자실 도착. 아직 기자실 각 부스가 다 차지는 않았다. 사물함에서 노트북을 꺼낸 뒤, 기자실 입구 각 언론사 함에 비치된 보도자료와 서울시 일정을 챙겨 자리에 앉는다. 어제 확인한 것과 달라진 부분이 있는지 시청 언론과의 방송담당 직원과 시장 비서실 등에 확인한다. 노트북을 켜고 데스크에게 시장 일정과 취재 일정을 보고한다. 데스크의 특별한 지시가 없으면 인터넷 검색으로 다른 신문, 방송에서 보도된 서울시 관련 기사를 점검한다.

09시 : 브리핑룸에서 선후배와 커피 한잔 마시며 오늘 취재 내용에 대해 계획을 짜고 각자 해야 할 일을 나눈다. 보도자료들을 살펴보고 뉴스 가치가 있는 것들을 선별한 뒤 관련 부서(과)에 문의, 취재 후 스트레이트 뉴스로 작성한다. 작성된 기사를 노트북에 깔린 송고 시스템을 통해 데스크에게 보내면 데스크가 원고를 승인하고, 동시에 스트레이트 뉴스는 인터넷 홈페이지에 뜬다.

11시 : 브리핑룸에서 '버스 중앙차로제 실시 1년'과 관련한 브리핑이 열린다. 단상에 마이크를 설치하고 교통정책 보좌관의 브리핑을 듣는다. 이어진 질의응답 시간. 버스 중앙차로제 실시 후 버스 전용차로에서 발생한 교통사고 현황에 대해 물었으나 어정쩡한 대답만 돌아왔다. 브리핑 자료에 나와 있지 않은 질문이어서 당황한 듯. 관련 부서(과)에 자료를 요청한 뒤 이 내용을 중심으로 기사를 작성한다.

점심시간 후, 기사 작성 계속…

회사로 돌아가기 전까지 2시간 정도는 기획취재에 할애한다. 최근 제보 받은 한 차량의 결점에 대해 피해자를 상대로 사실 확인을 하고 또 다른 사례들을 모은다. 기획취재를 마치려면 며칠 걸릴 듯.

16시 : 회사로 복귀할 시간. 리포트는 회사 내 스튜디오 녹음을 원칙으로 하지만, 현장 상황이 중요할 경우는 중계차를 이용하거나 전화로 생방송을 한다.

한편, 회사에서는 간부들이 참여한 편집회의에서 저녁에 방송되는 종합뉴스의 아이템과 순서를 정하고 이를 고지한다.

17시 : 편집 장비를 이용해 인터뷰 컷을, 한 컷에 10초 안팎으로 편집한다. 데스크가 최종 승인한 원고를 입으로 소리 내어 연습한 뒤, 정해진 녹음 스튜디오로 가 녹음한다.

18시 : 종합뉴스가 방송되면 모니터한 뒤, 회의를 열어 각 팀별 전달 사항 등을 나누고 내일 일정을 점검한다.

2. 취재 원칙

1) 취재는 공정하고 객관적인 입장을 견지해야 한다.
2) 있는 사실 그대로 전달해야 한다.
3) 인권과 프라이버시를 침해해서는 안 된다.
4) 뉴스의 품위를 유지해야 한다.
5) 일방적인 홍보가 돼서는 안 된다.
6) 취재원이 제공하는 자료나 정보는 반드시 검증해야 한다.

3. 보도 원칙

기사 가치가 있다고 모든 사실을 보도할 수는 없다. 방송 보도에도 일종의 원칙이 있다. 따라서 보도의 기준이 되는 보도 원칙을 알고 기사를 쓰는 것은 중요하다.

1) 실명과 익명의 기준

① 사인(私人)의 경우

경찰의 영장 신청 단계에서는 익명으로 보도한다.

② 공인(公人), 또는 사인이더라도 공인에 준하는 인사의 경우에는 경찰의 영장 신청 단계에서도 실명으로 보도한다.

③ 검찰의 영장 청구 단계에서는 공인이든 사인이든 실명으로 보도한다.

2) 보도 시점

① 현행범으로 긴급체포하거나 체포영장을 발부받아 체포해 조사 중일 때는 원칙적으로 보도하지 않는다.

② 사회적으로 파문이 일 것으로 예상되는 사건의 경우에는 조사 중인 피의자라도 보도한다.

③ 공인, 또는 사인이더라도 공인에 준하는 인사일 경우에는 긴급 체포 또는 영장에 의한 체포일 때에도 실명으로 보도한다.

④ 내사 중인 사건에 대해서는 원칙적으로 보도하지 않는다. 다만 공인, 또는 사인이더라도 공인에 준하는 인사의 경우에는 보도할 수 있다.

3) 공인과 사인의 구분

① 공인

국회의원, 지방의원, 기타 선출직 공무원, 5급 이상 국가공무원 또는 지방공무원, 국공립 또는 사립대학 교수, 교사, 경찰관 등

② 공인에 준하는 사인

기업체 임원 또는 간부, 오피니언 리더, 기타 사회적으로 영향력이 있고 잘 알려진 인물

4) 참고인에 대한 보도

① 제보자, 목격자, 증인, 범죄 신고자, 고소인, 고발인 등과 같은 참고인에 대해서는 익명 보도를 원칙으로 한다.

② 본인이 원하고, 참고인이 보복을 당할 위협이 없을 때는 실명으로 보도한다.

5) 범죄와 관련한 익명 처리

① 미성년자의 이름은 밝히지 않는다.

예) 14살 김 모군 등으로 표기.

② 성폭력·성추행약취 피해자의 이름은 밝히지 않는다.

나이·학교·성만 밝혀도 주위 사람이 피해자를 추측해낼 수 있는 단서가 된다.

③ 범죄 행위와 직접 관련 없는 학교·기관·회사·상점 등의 이름은 밝히지 않는다.

예) 김씨 등은 범행에 사용한 흉기를 피해자 박 씨의 옆집인 다나 약국 간판 뒤에 숨기고(틀린 표현)

4. 라디오 뉴스 기사 작성하기

1) 기사 분량

① 스트레이트의 경우

B5 용지를 기준으로(글자 크기 20포인트) 단신은 한 장(30초 소요) 미만, 중요 기사는 한 장 반 안팎으로 정리하는 것을 원칙으로 하며, 상황에 맞게 탄력적 적용.

② 리포트 원고의 경우

대부분 1분 30초를 기준으로 하되, 인터뷰 컷이 삽입되지 않는 원고는 1분 30초를 넘기지 않는다. 다만, 중요도가 높은 기획취재물은 2분 안팎으로 제작하기도 한다.

리포트 원고 작성의 10단계

1. 리포트 방향을 확실히 정한다.
2. 취재 내용을 논리적으로 구성한다.
3. 앵커가 읽을 리드 멘트를 작성한다.
4. 인터뷰나 현장 음, 음악을 편집, 정리한 뒤, 들어갈 곳을 정한다.
5. 읽으면서 어법에 맞지 않거나 중복되는 내용을 고친다.
6. 인터뷰 대상자의 직함과 고유명사 등을 꼼꼼히 확인한다.
7. 데스크의 승인을 거친다.
8. 스튜디오에서 원고를 녹음한다.
9. 녹음한 뒤에 다시 한 번 들어보고 틀린 곳이 있는지 확인한다.
10. 방송을 모니터한다.

라디오 스튜디오   ⓒ 교통방송

2) 기사 표현의 기본

① 간결한 문장

- 단락 내에서 같은 내용의 문장의 반복은 피한다.
- 복잡한 구조의 긴 문장은 쓰지 않는다.
- 같은 말이 반복되는 것을 피한다.

예)서술어 : ~라고 밝혔습니다. ~다고 밝혔습니다.

　　문장 내 단어 : ~개발계획은 계획이 있지만~

② 어려운 한자어는 풀어 쓴다

예) 대책을 강구하다 → 대책을 마련하다/세우다

③ 영어식 표현은 지양한다

예) 정부 관계자에 따르면… → 정부 관계자는 …라고 말했습니다.

만남을 갖고 → 만나

적극적인 행동이 요구되어진다 → 요구된다

국회 본회의에서 야당 총재의 대표 연설이 있었다 → 국회 본회의에서 야당 총재가 대표 연설을 했다

④ 특별한 경우를 빼고 방송 기사의 시제는 대부분 '오늘'이다. 따라서 굳이 '오늘'이라는 말을 기사에 쓰지 않는다.

3) 시제 관련 표현의 통일

① 자정(0시)의 표현

예고 기사의 경우 : 오늘밤 12시

예) SK주식회사는 오늘밤 12시를 기해 휘발유 공장도 가격을 리터당 10원 올린다고 밝혔습니다.

과거 기사의 경우 : 오늘부터. 또는 오늘 새벽 0시

예) SK주식회사는 오늘부터 휘발유 공장도 가격을 리터당 10원 올렸습니다.

② 날의 표현

1) 하루 뒤 : 내일

2) 이틀 뒤 : 모레

3) 하루 전 : 어제

4) 이틀 전 : 지난 15일(기준일이 17일일 때). 또는 제한적으로 '그제'라는 표현도 가능.

③ 해의 표현
1) 1년 뒤 : 내년
2) 2년 뒤 : 오는 2008년(기준 해가 2006년일 때)
3) 1년 전 : 지난해. 또는 같은 말의 반복을 피하기 위해 제한적으로 '작년'도 가능.
4) 2년 전 : 지난 2004년(기준 해가 2006년일 때). 또는 제한적으로 '재작년'도 가능.

④ 외국 현지 시제 표현
원칙은 우리 시각 기준으로 하되, 시각(날짜)을 정확히 알기 어려운 사건·사고는 현지 기준으로 한다.

4) 사람 이름 표현의 통일
① 외국 유명 인사의 이름
첫 문장은 풀 네임, 이후는 성만 쓰는 것을 원칙으로 한다.

② 기관 대표자
이름 & 직책을 원칙으로 한다. 단, 정치권 기사에서는 당을 먼저 쓰는 것이 관례화돼 있어, 이름을 뒤에 쓰기도 한다.

예) 이희범 산업자원부 장관, 대한당 홍길동 대표

③ 익명 처리
- 사람은 모씨를 원칙으로 하는데, 성도 모를 때는 모씨, 익명이
여러 명 나와 구분이 필요한 경우는 영문 이니셜로 처리한다.
예) 김 모씨, K씨, L씨
- 회사 : 영문 이니셜을 원칙으로 한다. 단, 이니셜을 통해 명백히
회사가 드러날 경우, 모 회사로 해야 한다.

5) 출처 표현의 통일
자료나 특정 매체의 단독 보도, 출연 등에 대해서는 출처를 밝히는
것을 원칙으로 한다.
예) 부동산 정보회사인 부동산114는… / 대한당 홍길동 대표는 오
늘 00방송에 출연해…

6) 숫자 표현의 통일
1) 숫자 정리
① 중요한 숫자는 정확하게(중요 사고의 사망자 수 등)
② 정확한 수치가 요구되지 않는 경우, 문맥상 일관성을 유지하는
선에서 두 자리, 혹은 세 자리 등에서 올림·반올림·내림으로 간략하
게 처리.
③ 가급적 '여(餘)'라는 표현은 제한적으로 사용.

예) 35만7천여 명 → 35만7천명

④ '여'를 쓸 때는 숫자를 늘여서는 안된다.

예) 9백87명 → 9백90여 명 또는 천여 명(×)

5. 우리말 쓰기

신문과 달리 방송에서는 '말'이 최종 단계이다. 하지만 말을 잘한다는 의미는 단지 말을 틀리지 않고 한다거나 목소리가 좋다는 의미가 아니라, 우리말을 알맞게 사용해 논리정연하게 설명하는 것을 뜻한다. 방송에서 관용적으로 사용되는 말 가운데는 우리말의 본질을 흐리는 틀린 말도 있다는 사실을 알고 주의해서 써야 한다.

1) 우리말 사용하기
예) 향후 → 앞으로 / 내달 → 다음달

2) 어색한 한자어 쓰지 않기
예) 시험을 실시하다 → 시험을 치르다/보다

부상을 입다, 부상을 당하다 → 부상하다, 다치다

3) 관용적인 표현
① 정체되는 주체는 차가 아닌 도로

예) 서울 요금소~안성까지 45km 구간에서 차량들이 정체되고 있

습니다

　　　→ …45km 구간이 정체됩니다

　② 막히는 주체는 차가 아닌 도로
　예) 차량들이 꽉 막혀 있습니다 → …3km 구간이 꽉 막혀 있습니다

　③ 밀리는 것은 차
　예) 죽암 휴게소에서 신탄진까지 3km 구간도 밀리고 있습니다
　　　→ …3km 구간에서 차량이 밀립니다

　④ 방향·방면·쪽
　'방향'이란 말은 동·서·남·북에만 쓸 수 있다.
　예) 동호대교 남단에서 북단 방향…(×)
　　　경부고속도로 부산 방향 → 경부고속도로 부산 방면 / …부산 쪽
　'쪽'은 '방향'이나 '방면'의 두 가지 뜻을 다 가지고 있는 순수한 우
리말이다.

　⑤ '…하고 있다'의 남발
　예) 곳곳이 정체되고 있습니다 → 곳곳이 정체됩니다

6. 라디오 뉴스 원고, 이렇게 쓴다

뉴스 원고는 앵커나 아나운서가 읽는 '스트레이트'와 기자의 제작물인 '리포트'로 나눌 수 있다. 아래 기사는 미국산 쌀의 국내 입항과 관련한 스트레이트와 리포트 기사이다.

1) 스트레이트 경제부 기사(2006. 3. 23 방송)

미국산 칼로스 쌀 천3백톤이 이르면 다음달 5일 이후 시중에 판매될 것으로 보입니다.

수입쌀로는 처음으로 우리 식탁에 오르게 될 칼로스 쌀은 부두 하역 작업 후 농산물 유통공사 창고로 옮겨진 뒤 다음달 5일 공매를 통해 시중으로 유통됩니다.

농림부는 수입 쌀 판매와 함께 예상되는 부정 유통을 막기 위해 원산지 특별 단속에 들어갈 방침입니다.

2) 리포트(2006. 3. 23 방송)

앵커) 수입쌀로는 처음으로 우리 식탁에 오르게 될 미국산 칼로스 쌀이 오늘 부산항에 들어왔습니다.

농민들은 수입쌀의 입항을 저지하며 강하게 반발했습니다.

홍길동 기자가 보도합니다.

기자) 미국산 1등급 칼로스 쌀 천3백 톤이 오늘 새벽 부산항을 통해 우리나라에 들어왔습니다.

10kg과 20kg짜리로 포장된 이 쌀은, 가공용이 아닌 밥 짓는 쌀 용도의 수입쌀로는 사상 처음입니다.

오늘밤까지 하역과 통관 절차 등을 마치고 경기도 이천의 농산물 유통공사 창고로 옮겨진 뒤 다음달 5일 공매를 통해 시중으로 유통됩니다.

국내산 쌀의 경우, 도정 후 길어도 2주일 안에 판매되는 데 비해, 칼로스 쌀은 가공 후 한 달 반 정도 걸려 시중에 나오게 됩니다.

가격은 국산 쌀과 비슷한 가격대에서 형성될 것으로 보입니다.

이상길 농림부 식량정책국장의 말입니다.

#CUT1. 가능하면 저희들 바람으로는 국내산 쌀의 영향이 최소화되는 방향으로 시장 기능에 따라 판매되는 게 바람직하지 않나 이런 생각입니다.

쌀시장 개방을 반대하는 농민들은 격렬한 시위를 벌였습니다.

부산·경남·경북 지역 농민 백여 명은 부산항에서 밤샘 시위를 벌인 데 이어, 낮에는 부두 진입을 시도하다 경찰과 몸싸움을 벌이기도 했습니다.

이런 가운데 나머지 미국산 쌀 4천여 톤이 다음 달 수입되는 데 이어, 중국과 태국, 호주산 쌀도 줄줄이 들어올 예정이어서 농민들의 반발은 더욱 거세질 전망입니다.

TBS NEWS 홍길동입니다.

*리드 인(lead in)

●종합뉴스에서 기자 리포트를 소개하는 앵커의 멘트.

●리드에서 기자 리포트의 한 부분을 그대로 떼어내 말하는 것은 리드의 의미가 없으므로 금물.

●질문을 던지거나 친숙한 인용구 등을 사용함으로써, 뒤이어 소개될 리포트가 뉴스 가치가 있다는 점을 강조하고, 청취자가 라디오의 볼륨을 높이도록 유도해야 한다.

예) ① 훈훈한 소식 한 가지 전해드리겠습니다…

② 술에 잔뜩 취해, 달리던 차에서 뛰어내리다 다쳤다면 보험 적용을 받을 수 있을까요?

③ 새 학기가 되면서 자녀가 혹시 따돌림이나 폭행에 시달리지 않을까 걱정하시는 학부모님들 많으실 겁니다…

라디오 스튜디오　　　　　　　　　　　　　　　ⓒ 교통방송

3) 연습문제

잘 훈련받은 기자라도 마감시간에 쫓기거나 급한 상황에서는 기사 작성 중 실수를 한다. 아래 기사는 2006년 1월 20일 실제 방송된 기사로, 간결하게 다시 고쳐 리포트로서의 완성도를 높여보자.

앵커) 설 연휴 기간 KTX와 새마을호의 입석 승차권 발매가 <u>오늘 오전부터 시작되자</u>①, 고객 편의를 무시한 탁상행정이라며 승객들의 반발이 잇따르고 있습니다. 철도공사는 <u>당황하면서도 크게 개의치 않는 모습입니다.</u>② 000 기자가 취재했습니다.

기자) 오늘 오전부터③ 시작된 KTX와 새마을호의 입석 승차권 발매 결과④, 지금까지⑤ 전체 5만8천여장 가운데 20% 정도 표가 팔렸습니다.

특히 호남선과 전라선은 주요 시간대 표가 매진됐습니다.

철도공사는 지금까지⑥ 열차편을 구하지 못한 귀성객들에 대한 배려라고 취지를 설명했습니다.⑦

하지만 고급 열차인 KTX와 새마을호에 대한 입석표 발매는 전에 없던 이례적인 것으로⑧, 불과 이틀 전에 발표돼 급조된 인상을 주고 있습니다.

철도공사가⑨ 지난해 11월 말 실시한 올 설 연휴 KTX와 새마을호 승차권 예매기간에는 입석에 대한 언급이 전혀 없었습니다.

철도공사 홈페이지에는 승객들의 불만이 빗발치고 있습니다.

승객들은 입석이 없는 KTX와 새마을호를 무궁화호의 두 배나 되는 돈을 내며 타는 이유가 무엇이겠냐며, 입석 정보를 미리 알렸다면 힘들게 표를 사지는 않았을 것이라고 말합니다.

게다가 만일 발생할지 모르는 안전사고에는 어떻게 대비할 것이냐는 지적도 나오고 있습니다.

철도공사는 당황하면서도 이해해 달라는 입장만 되풀이합니다. 000 유통관리팀장의 말입니다.

#CUT1. 이미 좌석 승차권을 구매하신 고객이나 입석 승객에게 다소간의 불편은 예상되지만 즐거운 명절을 맞는 너그러운 마음으로 이해해 주시기를 바랍니다.

철도공사의 누적 적자가 10조원에 이르는 현실을 감안할 때, 근시안적인 돈벌이라는 비난을 피하기는 힘들 것으로 보입니다.

TBS NEWS 홍길동입니다.

① '오늘부터'로 고쳐도 무방

② '개의치 않다'라는 어려운 말을 풀어서 쓴다.

    철도공사는 당황하면서도 크게 신경 쓰지 않는 모습입니다.

③ '오늘'로 바꾼다.

④ '판매를 집계한 결과'

⑤ 청취자는 뉴스를 듣는 시점을 집계 결과 시점으로 받아들이므로

    '지금까지'는 빼도 무방하다.

⑥ 삭제해도 뜻이 통한다.

⑦ 철도공사가 설명한 내용에 대한 대상이 빠져 있다.

입석표 판매에 대해 철도공사는 표를 구하지 못한 귀성객들에 대한 배려라고 설명했습니다.

⑧ '전에 없던'과 '이례적인'은 같은 말. 한 가지만 써도 무방

⑨ 주어인 '철도공사가'는 삭제해도 뜻이 통함.

잡지 기사작성법 A to Z

이 미 숙

21세기와 인쇄미디어

21세기는 영상이 '대세'다. 미디어조차 활자보다는 영상의 범주로 간주하는 세상이 된 것이다. 영상물이 전달하는 메시지가 활자가 내포하고 전달하려는 언어적 의미보다 더 빨리 다가오기 때문이다.

예) 플래시나 사진 합성, '포샵질' 등을 통한 영상을 웹에 올림으로써 정서적 커뮤니케이션의 활로를 여는 인터넷 세대들에게 '허접'한 영상으로 간주되는 미디어는 그야말로 '안습'이요, 매체 자신들에겐 'OTL'이어서 즉시 퇴출감이 되는 것이다. 이들의 관점으로 보자면 신문과 잡지의 지면에 나열된 활자들의 편집 형태까지 영상적 총체로 해석하는 까닭이다.

포샵질·허접·안습·OTL 같은 용어들은 인터넷에서 만들어지고 발

아트디렉터. 동아일보 「주간동아」 차장. 홍익대 서양화과, 동 대학원 광고디자인과 졸업. 한때 마농레스꼬의 마농이나 니나, 입센의 노라와 전혜린류가 취향인 줄 알았으나 세월이 사람 등을 때렸다고. 대학교 4학년 가을에 「동아일보」에 입사해 첫 직장이 평생직장이 될 수 있음을 몸으로 보여주며 안분지족하고 있다.

180

전해가고 있는 신조어들이다. 영상으로 인해 발생한 단어들로, 자체적으로 함축적 내용을 담고 있거나 형태를 언어로 대체한 용어들이다.

- 포샵질 → 컴퓨터 포토샵 프로그램을 통한 사진 매만지기나 왜곡하기
- 허접 → 허술하고 별 볼일 없는
- 안습 → 안구에 습기가 차다(슬프다는 뜻)
- OTL → 좌절(영문자의 형태가 인체가 무릎을 꺾은 자세를 의미)

이렇듯 언어는 영상의 발달과 함께 해가 갈수록 더 진화하고 양산될 것이다. 잡지(Magazine)도 진화하고 있다. 내용과 외형에서 인터넷이 등장하기 전 유지해왔던 고유의 스타일로는 시대적 요구에 부응할 수 없어서다. 읽기보다 '보는 잡지'로 방향을 잡거나 인터넷식 접근법을 잡지에 응용한다. 나아가 종이로만 대하던 2D(평면) 잡지들은 미국 어도비사에서 개발한 애크로뱃(Acrobat) 등의 첨단 소프트웨어를 사용해 PDF(Portable Document Format)나 인터넷 잡지 같은 영상으로 바로 전달될 수 있도록 다각화한 전방위 미디어로 변모하고 있는 중이다.

외형적 환경이 이렇게 급격히 변하더라도 잡지를 구매하고자 하는 소구점은 항상 콘텐츠에 있다. 바로 독자들이 원하는 글(정보)과 사진(영상)이며, 이는 잡지 구성의 본질이기도 하다.

잡지란 무엇인가

잡지는 신문(Newspaper)과는 다른 형태의 인쇄 미디어로 뉴스, 읽

읽을거리 등의 정보를 담아 정기적으로 간행되는 제본된 책을 일컫는다 (잡지의 개념). '창고'라는 뜻의 네덜란드어 '마가지엔(Magazien)'에서 유래한 데서 알 수 있듯이, 잡다한 정보를 게재한 미디어라고 보면 된 다.

매체의 유형별 성격에 따라 주 1회 이상 자료를 수집·취재, 제작하 여 책의 형태로 정기 간행하는 출판물(잡지의 정의)을 통칭한다. 잡지 와 동일한 뜻으로 '저널'이란 명칭을 쓰기도 한다. 학문적으로는 주간 단위 이하의 정기간행물을 '잡지'로 하고, 세분화된 특정 독자를 대상 으로 발행하는 정기간행물을 '저널'로 분류하지고 있다. 우리나라는 출 판 간행물 법규상 신문·통신·잡지, 기타 간행물을 정기간행물에 포함시 키고 있다.

잡지를 구분해보자. 우리가 자주 접하던 잡지를 떠올려보면 된다. 시사지, 주부지, 미혼여성지, 남성지, 경제전문지, 레저전문지, 예술전 문지, 학술전문지, 사건전문지, 건강전문지, 과학전문지, 의학전문 지… 들을 보았거나 보고 있을 것이다. 이 다양한 책들은 성격이나 특 징에 따라 묶을 수 있다. 즉 종합 잡지(General interest magazine) 와 지역(Geographic) 잡지, 인구학적(Demographic) 잡지, 생활(Life-style) 잡지, 시사(News) 잡지, 특수 취미(Special interest) 잡지, 업 계 전문지(Trade & Professional magazine), 엘리트 잡지, 전자 잡지 (Electronic magazine. Cyber magazine 포함) 등으로 나눌 수 있다. 월슬리(Ronand E Wolseley)는 이를 더 쉽게 일반 전문지와 특수 전 문지로 구분했다(황성근의 「미디어 글쓰기」). 복잡한 듯 하지만 학술적 분류로 이해하면 된다.

잡지 기사는 이렇게 작성하라

이렇게 구분되는 잡지들은 매체의 특성이 요구하는 대로 글쓰기도 달라진다. 시사지는 전달하고자 하는 사안의 메시지 전달에 필요한 간단명료하며 정확한 글쓰기가, 여성지의 경우는 정보 전달과 더불어 여성들의 취향을 고려한 문체가 필요하다.

여성지의 인터뷰 기사를 정치인을 만났을 때의 기사처럼 딱딱한 문장으로 게재해놓으면 어떻게 될까? 담당 기자의 능력은 그런 기사 몇 건 작성으로 평가가 내려지고, 그런 류의 기사를 자주 게재한 잡지의 평가는 점점 안 좋은 방향으로 누적되어 마침내는 잡지 업계에서 퇴출될 수도 있다. 그만큼 글쓰기는 중요하다.

명(名)문장가는 자신 안에 있다

좋은 기사를 쓰는 데 지름길이 있을까? 학문을 비롯한 어느 영역과 마찬가지로 글쓰기에도 지름길이란 있을 수 없다. 스스로 만들어 갈 뿐이다. 묵묵히 나아가야 얻어지는 노력의 결과물이다. 아래 글들은 '좋은 기사 쓰기'를 향한 여러분의 노력을 좀 더 효율적으로 도와줄 것이다.

1) 두려움을 비워라

　말로는 못할 게 없는데 글로 쓰는 것만은 젬병이라고 말하는 사람들이 많다. 살다가 마주치는 수많은 써야 할 것들에서 자유로울 사람들은 얼마나 될까. 초등학교 시절 글짓기 숙제에서부터, 자라서는 리포트와 논문, 자기소개서 같은, 소소한 일상이 요구하는 글들 앞에서 주저해본 경험은 다들 있을 것이다. 무엇을 어떻게 써야 할지 막막했던 순간들 말이다. 쓴다는 일은 과연 그렇게 어려운 것일까?

　글쓰기가 쉬워지는 길은 의외로 간단한 데 있다. 수행하는 사람들이 어느 찰나 도의 경지로 드는 것과 마찬가지로 쉬운 글쓰기의 해법은 바로 우리 마음에 달렸다는 사실이다. 두려움을 벗어던져라. 일기를 쓰듯, 친구에게 편지를 쓰듯 편안하게 기사를 작성하자.

　글을 쓴다는 건 결코 어려운 작업이 아니다. 글쓰기의 두려움에서 헤어나기 위해선 초등학생 같은 마음가짐이 필요하다. 자신이 쓰고자 하는 것을 생각이 흘러가는 대로 글을 써보자. 초등학생들이 괴발개발 글을 써놓아도 무엇을 표현하고자 한 글인지 알 수 있는 것처럼 쉽게 접근해야 글도 쉽게 풀린다.

　좋은 글에 대한 과욕도 금물이다. 멋있는 단어나 표현을 동원해 남들이 알아주는 거창한 글을 쓰려고 욕심 부리지 말자. 명문을 만들려고 애쓰지 않아야 글쓰기가 쉬워진다. 전문 칼럼니스트나 소설가처럼 잘 써야겠다는 생각은 내 글의 장애가 될 뿐이다. 부담을 가질수록 오히려 글은 안 써지기 마련이다.

　명문이란 무엇인가. 과거처럼 현학적인 미사여구로 수사해야만 인정받던 명문의 시대는 끝났다. 자기가 쓰고자 하는 바를 정확하게 전달해 독자가 읽으면서 재미와 감동을 느낄 수 있는 글이 현 시점의 명문이다. 이런 명문을 쓰기 위한 첫 단계가 두려움을 떨치는 것이다. 명문은 누구나 쓸 수 있다.

2) 일단 써라

마음을 비웠다면 우선 써라. 준비하고 취재한 자료를 바탕으로 쓰고자 생각한 바를 말하듯이 줄줄 써 나가라. 말하듯이 대화체로 쓰라는 얘기는 아니다. 잘 쓰든 못 쓰든 생각이 가는 대로 일단 적어 나가라는 뜻이다.

처음부터 잘 쓰기 위해 맞춤법이나 한 단어 한 문장에 매달리면 글쓰기가 어려워진다. 첫 문장부터 훌륭하게 들어가려고 매달리다보면 글을 이어 나가기가 얼마나 힘든지를 절감하게 될 것이다. 수식해야 할 적당한 단어가 떠오르지 않는다든가 마음에 들지 않는 부분이 있어 내심 걸리더라도 일단 그 부분은 접어두고 다음 행으로 넘어갈 줄 알아야 한다. 문법이나 맞춤법도 신경 쓰지 말 일이다. 인터뷰든 사건기사든 간에 본인이 쓰고 싶은 대로, 글의 목적에 맞게 써 나가보자.

쉽게 시작해서 전체 글을 수월하게 끝맺었다면 글쓰기의 1차 관문은 훌륭하게 통과한 것이다. 다듬어 만지는 몫은 그 다음 단계다. 이것이 글을 쉽게, 잘 쓰는 방법이다. 그렇게 쓰다보면 원하는 기사의 분량보다 넘칠 경우가 대부분이다. 수정·보완 단계에서 단락을 축약해 재배치하고 단어와 문장을 다듬어 나가기를 습관화하다보면 좋은 글은 반드시 나온다. 자신 만의 문체를 구사하는 명 기자들도 이런 시절이 다 있었다.

3) 많이 읽고 잘 베껴라

이렇게 다듬은 원고는 최종적으로 독자들의 기사 선호도로 판가름이 난다. 그러면 독자들이 꼽는 좋은 원고란 어떤 글일까? 기사가 갖추어야 할 6하 원칙(누가, 언제, 어디서, 무엇을, 어떻게, 왜)이나 흥미유발도 같은 내·외형적 조건 이전에 좋은 글을 만들기 위한 선결 과제가 있다. 바로 문장력이다. 좋고 나쁜 글은 결국 문장력에서 판가름나기 때문이다.

무슨 내용을 전달하고자 쓴 글인지 겨우 알 만한 글들은 대개 같은 표현이 자주 반복돼 지루함을 주거나, 무슨 말인지 이해가 안 돼 되읽어야 하는 불편함을 준다. 이런 글들을 누가 좋은 글이라고 하겠는가. 쉬운 내용 전달 외에 감동과 여운을 줄 수 있는 글의 힘은 바로 문장력에서 온다.

그렇다면 문장력은 어떻게 길러야 할까? 답은 간단하다. 베껴 써보는 훈련이다. '미메시스(Mimesis. 모방, 모방론)' - 대학 시절 미학 첫 수업에 나왔던 단어다. 소크라테스는 미메시스를 모든 예술의 모태로 규정했다. '모방은 창조의 어머니'란 말도 우리가 자주 접하는 문구다. 그렇다. 모방은 창조의 어머니이긴 하지만 모방과 재창조의 사이는 늘 어려운 것이 사실이다. 의욕을 가지고 창작을 하려 해도 재창조라는 덫에 걸려 창작을 포기하는 경우도 많다. 내가 쓴 글에서 모방한 원고의 흔적을 남기지 않을 방법은 과연 있을까?

답은, 많이 보고 많이 읽고 많이 써보는 길밖에 없다. 아무리 명문 장이라 하더라도 한글이라는 기본 소재는 동일하게 갖고 시작하는 게 글쓰기다. 베껴 넣은 한 문장(여러 문장이라도 마찬가지다)을 놓고 주 어와 술어를 바꿔보거나, 내 글에 맞춰 수식어를 다른 단어로 넣어보 거나, 문장을 받쳐줄 속담을 끌어와 글의 맛을 더 강조해보는 방법 등, 베낀 후 더 뛰어난 문장으로 탈바꿈시킬 방법은 무궁무진하다. 이 과정을 거치면서 여러분의 문장력은 자신만의 문장력으로 체화되어 나중엔 굳이 베끼지 않아도 완성도 높은 문장들이 탄생하게 될 것이 다.

잡지 글쓰기는 영상이다

서두에 언급했다시피 '영상대세(影像大勢)'인 시대인 만큼 '글쓰기 = 영상'이라는 등식으로 접근해보자. 여기서 말하는 영상은 세 가지 의 미로 나눌 수 있다.

1) 어떤 색깔로 만들 것인가

내가 쓰고자 하는 기사의 색깔을 미리 마음속으로 규정지어 놓는 일이다. 여기서 색깔이란 표현하고자 하는 기사의 성격이 될 수도 있 고, 나만의 문체적 특징이 될 수도 있으며, 말 그대로 색깔을 글의 모 티브로 푸는 방법도 있을 수 있는 것이다. 예컨대 영화감독 크쥐시토

프 키에슬로프스키의 영화 「레드」, 「블루」, 「화이트」처럼, 레드면 레드라는 시각 하나로 어떤 사건이나 인물을 접근할 수 있듯이 말이다.

내가 제출한 기획안의 안건이나 내 제출안이 아니더라도 낙점되어 데스크에게서 취재 지시가 떨어지면 기자들은 취재 준비에 들어간다. 이때 필요한 것이, 어떻게 접근해서 어떤 글을 어떻게 쓸 것인지 계획을 잡는 일이다. 취재 프로세서와 원고에 대한 마음의 준비 단계이다.

인물을 취재할 때는 일차적으로 그 인물에 대한 기초 자료를 조사해야 한다. 인물의 업적이나 특장, 무엇을 질문할 것인지, 독자들이 그 인물의 어느 부분을 궁금해 할 것인지가 조사해야 할 자료들이 되겠다. 인터뷰 질문 내용을 자료로 정리하는 동안에 여러분의 머릿속엔 이미 그 인물의 색깔과 기사의 색깔이 정해져 있지 않은가.

2) 어떤 글을 쓸 것인가

내가 쓴 기사가 보여주는 내용적 영상미이다. 사전 단계로 취재 준비를 했다 하더라도 막상 현장 취재에 들어가면 조건이 다르거나 그간 알려져 팩트(fact)라고 믿어온 사실과 다를 경우가 비일비재하다. 준비하고 취재한 소스들을 다시금 어떤 이미지로 버무리는 작업이 필요하다. 이 과정에서 어떤 성격과 형태로 끌어내 완성도 높은 기사로 만드냐는 기자 자신의 몫이다.

사건 기사는 사건 기사에 맞게 수식어를 가능한 배제하고 단문 위주로 건조한 터치로 작성한다든가, 연예 기사는 가십(gossip)을 선호하는 독자들의 호응을 염두에 두고 재미있는 읽을거리로 꾸미는 것을

188

예로 들 수 있겠다. 이런 일반론적인 사항을 바탕에 깔고서 자신만의 개성이 들어간 글을 만들어야 한다.

3) 기자의 영상적 프로듀싱 마인드

내가 쓴 글이 잡지에 게재될 때 어떤 사진과 어울려져서 어떤 레이아웃으로 배치될 것인지에 대한 기술적 접근을 항상 염두에 두자. 때로 한 장의 사진이 100장의 원고보다 감동을 줄 때가 있다. 영상은 그처럼 중요하다. 역설적으로, 그런 영상이 준 감동이 그대로 글의 리드(前文)로 전이될 수도 있는 것이다. 또 혹은 내가 쓴 기사의 훌륭한 보충자료로 영상이 활용되기도 한다는 사실을 잊지 말자.

취재시 글의 리드를 미리 구상하고서 의도적으로 사진을 연출 촬영하기도 한다. 시사 월간지인 「신동아」 2006년 5월호 332쪽 '마지막 동래 기생, 구음(口音) 명인 유금선' 기사의 경우를 보자.

사전에 기자가 알고 있었던 것은 취재 대상이 노령이요 기생 신분이었다는 점과, 국악의 한 분야인 구음 명인이라는 사실이었다. 기생으로 살아온 분이었으니 자연히 한(恨)이라는 이미지가 겹쳐졌다. 잡지의 메인 컷에 쓸 사진은 노령이므로 클로즈업 촬영은 가능하면 피하는 게 좋겠다는 생각을 우선했고, 시기가 4월이라 마침 벚꽃이 필 무렵이라는 데 착안했다. '기생과 소리와 한과 사랑과 벚꽃'. 이 한 줄(영상)로 기사의 70%는 끝난 거나 다름없다. 나머지는 명창이 판소리를 풀 듯 적당한 박자와 추임새를 넣어 가며 기사를 완성하는 일만 남은 것이다. 이 기사의 리드는 벚꽃 날리는 도로를 걸어오는 할머니의 메인 사진에 맞추어 시작한다.

> "다시 벚꽃 아래 섰다. 남녘에 부는 4월의 첫 바람이 따스운 날
> 이다. 따스움이 다정해도 바람은 바람이리. 참으로 아득히 먼 길이
> 었다. 꽃 이파리 분분히 떨어지는 길을 온 평생 굽이굽이 돌아 다
> 시 선 자리. 부산광역시 동래구 온천동 허심청. 오늘의 무대가 있
> 는 곳이다." (중략)

단계별 기사작성법

1) 주제의식이 없는 기사는 앙꼬 없는 찐빵이다

무슨 목적으로 기사화하는 취재인지를 항상 염두에 두어야 한다.
주제의식이 없이 취재원이 불러주는 대로 글을 쓰는 건 대필가나 하
는 일이다. 방송이나 신문, 잡지를 막론하고 어느 미디어나 자사의 논
조가 있다. 일차적으로 매체가 요구하는 논조를 벗어나는 주제는 안
된다. 각 기사 개개의 주제의식은 사안별로 기자가 쓰고자 하는 방향
으로 몰아가야 한다.

모든 기사는 주제의식에 의거해 기사의 플롯이 결정된다. 사건 기
사는 기자가 판단한 방향에 맞추어 자료를 조사 취재해야 할 터이고,
인터뷰 기사 역시 주제의식에 따라 질문의 방향을 정하면 되는 것이
다.

예컨대 '한·미 FTA 조약 체결'에 관한 기사를 쓴다고 가정할 때,

우선 두 가지 관점이 나올 것이다. 한·미 FTA에 긍정적 입장과 부정적 입장 중에서 매체가 지지하는 방향과 기자가 쓰고자 하는 방향이 같다면 그 주제의 중심을 잃지 말고 기사를 작성하면 된다.

매체와 기자 개인의 입장이 상반될 때가 문제다. 이 경우 편집장과 논의하여 매체의 입장을 기자가 설득해 글을 쓰든지, 아니면 기자가 포기를 해야 하는 갈등 상황이 생긴다. 실제 잡지 제작 현장에서는 이런 경우가 비일비재하다. 주제에 대한 의지를 굽히지 않고 강행하다가 사표를 쓰고 타 매체로 이직하는 기자도 여러 명 보았다.

인터뷰 기사도 마찬가지다. 인터뷰 인물 취재시에는 그 사람의 말을 들은 그대로 실어서는 안 된다. 자료 조사를 거쳐 취재했겠지만 그 사람의 얘기를 통해서 시대적 의제나 보편성을 도출해낼 줄 알아야 한다. 주제의식 없이는 이런 식의 도출은 어렵다. 그 기사를 통해 독자들이 새로운 시대적 관점을 알게 해주는 글이 좋은 글이다.

과학이나 예술 잡지, 연예 잡지나 생활 관련 잡지는 주제의식의 압박에서 비교적 자유로운 편이다. 기자를 지망하는 이들은 자신의 취향과 문체가 어떤 종류의 매체에 적합한지 고려해서 직장을 결정해야 하는 이유는 그 때문이다.

2) 리드가 중요하다

글의 리드란 기사의 첫 문장을 의미한다. 잡지의 존재 이유는 무엇인가를 생각해보자. 잡지는 어떤 현상을 알고 싶어 하는 독자들의 욕구를 충족시켜주어야만 한다. 읽을거리, 볼거리의 욕구를 충족시켜주지 못하는 잡지의 생명이 과연 길 수 있을까? 이런 독자의 욕구를 충족시켜주는 첫 번째 미끼가 바로 기사의 리드다. 리드가 좋은 기사는 독자가 끝까지 그 기사를 읽을 확률도 높다. 그러므로 기자는 리드를 독자의 관심을 유발하는 촉매제로 활용할 줄 알아야 한다.

그렇다면 잡지의 리드는 어떻게 써야 하는가. 소설이나 수필 같은 문학의 글쓰기와 잡지는 다르다. 글의 목적성이 다르므로 리드도 당연히 문학과는 차별화되어야 할 것이다. 잡지의 특징은 일회성과 흥미성이다. 호흡도 빠르고 기사가 내리는 결론이 명쾌하게 떨어져야 한다. 리드도 이런 특징을 좇아가야 한다.

(1) 짧게 치고 들어가라

첫 문장은 15 글자를 넘기지 말아야 한다. 만연체로 늘어지는 첫 문장은 독자의 맥을 풀리게 할 것이다.

> 단순하다. 그리고 뜨겁다. 여든을 바라보는 두봉(78, 프랑스 이름 르네 뒤퐁) 주교가 걸어 온 외길의 삶은 한 조각 붉은 마음(一片丹心)일 뿐이다. 그가 뜨거운 붉은 맘 한 조각을 처음 품은 것은 프랑스 오를레앙에서 공부하던 고등학교 졸업반 시절이었다. (중략)
> (「착한 이웃」 2006년 5월호. '교회와 인물, 두봉주교' 한경심)

> '미친 놈'이라 불러도 좋았다. 무모하기 짝이 없기야 누가 본들 매한가지일 터. 하여 무시로 등짝을 향해 꽂히는 비난 정도는 예사가 되었다. 온몸의 잔털이 일제히 오스스 일어서던 그날의 '소름' 이후 잘 나가던 사진작가 김영일(45)은 생의 궤도를 틀었다. (중략) (「주간동아」 575호. 국악전문녹음회사 「악당(樂黨) 이반」 만든

사진작가 김영일」)

(2) 문장에도 박자가 있다

인간은 일정한 반복에는 긴장을 하시 않는다. 버스를 타면 졸게 되
거나 똑같은 과정이 되풀이되면 당연히 지루해진다. 음악도 예외가 아
니다. 궁중제례악을 들으며 재미있다고 얘기할 사람이 있을까? 글도
마찬가지다. 똑같은 단문만 나열하거나 장문만 나열한 글은 상대적으
로 흡인력이 떨어지는 약점을 감수해야 할 것이다(한 문장으로만 끝나
는 시나 짧은 수필이 있기는 하다).

이 점을 활용해 문장에 리듬을 주자. 예를 들자면, 강 약, 강 약약
→ 단문 장문, 단문 장문 장문⋯ 이런 흐름으로 말이다.

> 고백컨대, 이런 삶은 살지 않으려 했다. 전남 강진 '촌놈'. 힘쓰고
> 사는 인생이 어울릴 법하건만 '예(藝)'라 불리는 모든 것에 '될' 소
> 질을 보인, 신동(神童)이었다 했다. 여섯 살에 천자문을 떼고, 아
> 홉 살에 의재 허백련(毅齋 許百鍊)의 문하에 들었으며, 열두 살부
> 터 서편제 마지막 전수자인 오병수(심청가 예능보유자) 선생에게
> 소리를 배웠다. "꿈이로다 모두가 다 꿈이로다⋯ 꿈 깨이니 또 꿈
> 이요 깨인 꿈도 꿈이로다~." 흥타령 가락조차 듣는 이의 소매를
> 젖게 했던 목청 좋았던 어머니. 그 어머니가 내림해준 앞날이 너
> 무 선명해서 딴 길을 가려 했다. 절대성(絶對性)이 동반하는 자기
> 부정(自己否定), 반역(反逆)마저 아우르는 필연이랄까. 갈 수밖에
> 없는 절대적 인생이 두려웠다. 그땐 그랬다. 심장 터지도록 끓는
> 피 두 주먹에 꽉 쥐고 '먼 데'를 보았다. 열아홉 살이었다. (중략)
> (「주간동아」 578호. '이 시대 마지막 한량, 지두화가 고흥선')

(3) 간단명료하게 작성하라

많은 내용을 한 문장에 담으려 하지 마라. 한 문장에는 한 메시지만 넣는다는 생각으로 작성하자. 잘 짜였다 해도 문장이 길 경우 지루한 인상을 주게 되고 자칫 산만해질 우려가 있다. 늘어지는 문장은 기사의 주제까지도 희석시킬 수 있다.

긴 문장은 몇 개의 짧은 문장으로 나누어 써보도록 하자. 읽기에 무리가 없는 문장의 글자 수는 대개 30~50자로 보면 된다. 그러나 앞서 리드 쓰는 법에서 적었듯이, 단문만 계속 이어질 경우는 곤란하다. 문장의 박자를 운용해가며 가능한 한 단문으로 작성하라는 말이다.

시가 감각적으로 다가오는 이유는 짧고 명료하며 리듬이 있기 때문이라는 걸 명심하자.

(4) 좁게 들어가라

철학서가 아닌 이상 거대 담론은 피해야 한다. 한 시대의 어떤 역사적 사건을 다룬 기사를 쓴다고 가정해보자. 처음부터 조선시대가 어떻고 왕조가 어쨌다는 식으로 접근하면 쓰고자 하는 글은 기사의 말미에 겨우 나오게 될 가능성이 많다. 역사적 사건의 현장에 있었던 어느 한 사람이 겪은 어느 일을 중심으로 글을 풀어나가서 덩어리로 최종 결론을 마무리하는 것이 좋다.

다른 종류의 기사도 마찬가지다. 여대생 사망 유기 사건 기사라면 여대생의 사체가 발견된 장소의 인상으로 기사를 쓸 수도 있다.

예) 산 자와 죽은 자의 입김이 교차한 골목이다. 서울 영등포구 000동 몇 번지….

또, 탤런트 김태희의 인터뷰 기사라면 김태희의 눈동자로 리드를 시작해 모그룹 부사장과의 결혼설로 결론을 유도해낼 수도 있을 것이다.

(5) 수식어는 조미료다

수식어는 글의 맛을 살려준다. 잘 찾아 쓴 수식어는 문장을 빛나게 하지만 지나친 수식어 사용은 너저분한 느낌을 주고 기사의 신뢰도마저 무너뜨릴 수 있다는 걸 명심하자. 수식어는 가급적 쓰고자 하는 목적이 주제를 미화해야 할 기사의 경우에 필요하다. 미사여구로 치장해도 좋을 기사에 적절히 사용하도록. 단, 과다한 수식어로 글의 기품이 떨어지게 하므로 유의해야 한다.

비판 기사의 경우에는 수식어를 쓰지 말아야 한다. 비판 기사에 수식어를 쓰게 되면 독자에게 기자의 감정을 이입하는 꼴이 되어서 자칫 매도나 저주성 기사가 될 우려가 높기 때문이다.

예) '옳지 않다'라고 하면 될 글을 '매우 나쁘다'라던가 '천벌을 받아 마땅하다' 등으로 표기하는 것 따위.

(6) 구체성을 띠어라

기사의 생명은 팩트(Fact)다. 팩트에 충실한 기사는 구체적 실례를 많이 언급한 글이다. 구체성을 확보한 기사는 독자들에게 신뢰로 이어진다. 매체가 갖는 힘도 바로 여기서 출발한다.

> 예) '5천 달러 정도의 GNP'라고 하지 말고 정확한 수치를 명기해
> 야 한다. '이름 모를 산새가 우짖었다'보다는 '철 이른 소쩍새의 울
> 음이 발걸음을 잡았다'라고 표현하는 것.

기사가 구체성을 가지려면 취재가 완벽해야 한다. 책상에 앉아서 인터넷 등을 뒤지며 작성한 기사가 발로 뛴 기사를 못 따라가는 것은 당연하다. 현장에서, 현장의 냄새를 맡으며 쓴 기사가 살아 있는 기사다.

구체성이 없이 기사의 감상이나 소문, 선입관 따위로 작성한 기사가 실린 잡지들도 있다. 세일즈 포인트를 말초적 흥미와 오락 위주로 잡아 독자층을 유도하는 옐로페이퍼가 그들이다.

(7) 객관화하라

가능하면 사물을 객관화하면서 논리적인 자기 주장을 펴나가야 한다. 주관적 관점으로 서술하면 독자의 관심이나 호응을 유도하는 듯한 문투의 글이 되기 마련이다.

책의 종류별로는, 시사 잡지나 학술 잡지 등이 이런 접근을 요구하며 기사의 종류별로는, 분석 기사·고발 기사·경제 기사·국방 기사·사회 기사 등이 있겠다. 이 분야들을 담당하는 기자들은 다루고자 하는 현상과 사물을 객관화한 서술로 기사가 보편적 설득력을 얻을 수 있도록 노력해야 한다.

가족의 문제나 이야기를 다루는 기사라면 그게 비록 가족에 국한된 소재라 할지라도 자기 주변사적 글쓰기에 그치지 말고 전체적 일반의 공감을 얻을 수 있는 글이 되어야 한다. 주관의 틀에 갇히면 대중의 공감을 받기 힘들기 때문이다. 예로 든 글은 가족의 죽음 앞에서 남겨진 유족들의 심정을 잘 나타낸 글이긴 하나 주관적인 주제와 서술로 인해 개인사적인 글쓰기에 그쳤다는 인상을 준다.

> 지난달 장모님을 경기 파주시 금촌동 기독공원묘지에 모시고 돌아오면서 절로 눈시울이 붉어졌다. …장모는 당초 막내 사윗감을 못마땅하게 생각하셨다. 첫째 사위가 진보 교단의 목사, 둘째 사위는 육군사관학교를 나온 군인인데 셋째 사윗감이 거칠기 짝이 없는 기자라는 사실이 못마땅하셨던 것이다. 게다가 그 기자는 '홀어머니를 모시는 가난한 집의 장남'이었다. 그래서 약혼식도 못 하게 하시고, 결혼 날짜도 추석 전날로 잡으셨다. 사위는 묵묵히 장모의 말씀을 따랐다. …장모와 사위는 아들과 딸들도 알지 못하는 고통을 함께 나눴다. 장모가 억대의 사기를 당했을 때 사위는 사흘간 사기범을 잡으러 쫓아다녔고, 이 사람 저 사람 이름을 빌려 신용대출로 급전을 마련하느라 탈진하기도 했다. …장모는 1남 3녀와 6명의 손자손녀, 그리고 막내 사위가 부르는 찬송가 소리를 들으며 평화롭게 하늘나라로 가셨다. 사위는 장모의 영정 앞에서 40대 후반에 고아가 된 아내를 이제부터 딸처럼 돌보겠다고 약속했다. (「동아일보」 2006년 7월 13일자. 칼럼 오늘과 내일 '장모가 남긴 마지막 선물')

(8) 글의 문체를 정하고 들어가라

쓰고자 하는 글의 성격에 따라 문체를 정하고 들어가는 것도 한 방법이다. 취재 지시가 떨어지면 써야 할 글의 주제도 정해질 것이다. 만연체, 미문체, 간결체, 힘 있는 문체, 현학적 문체… 등 여러 가지의 문체를 먼저 설정해서 작성하면 문장의 흐름이 일관성이 있고 특색 있는 기사가 될 수 있다.

하지만 앞서 설명했듯이 기사의 전부를 한 가지 문체로 밀고 나가면 안 된다. 미문체로 쓰겠다고 결정했다면 글의 50% 정도를 미문에 할애하고 나머지는 감정이 섞이지 않은 건조한 글로 채워야 한다. 역설적으로 기사 전체가 미문이 되어버리면 오히려 미문이라는 느낌이 탈색되어버리기 때문이다. 다른 문체 역시 마찬가지다.

(9) 접속사에서 벗어나자

접속사의 남발은 글의 긴장과 압축미를 해치는 주요인이다. 그래서·그러므로·그리하여·그러나·그렇기 때문에 등의 접속사를 넣지 않고 글을 쓰는 훈련이 필요하다. 접속사가 문장과 문장을 연결하는 부분은 전체 기사의 5%를 넘기지 않도록 하자.

(10) 중복을 경계하라

요즘 세대들은 '리바이벌(overlapping, revival)'을 특히 싫어한다. 요즘 세대뿐 아니라 더 오래 산 사람들도 한번 들은 얘기는 또 듣고 싶어 하지 않는다. 그게 사람의 심리다. 글도 같다. 같은 단어나 표현이 반복되면 문장의 간결성과 세련된 맛이 떨어진다. 그래서 한 문장에서 나온 단어가 다음 문장, 혹은 그 다음 단락에서 발견되는 기사는 완성도 낮은 기사로 치부되기 예사다.

동일한 용어가 등장할 때 조금만 더 생각하고 어휘를 선택하면 중복은 얼마든지 피할 수 있다. 의미를 크게 거스르지 않는 범위 안에서 고를 단어는 많다. 한자어와 우리말을 섞어 쓰면서 발생하는 중복 문제도 유의해야 한다. 뜻은 같은데 형태는 달라서 무심결에 쓸 가능성이 높기 때문이다.

1인 미디어 인터넷 글쓰기의 즐거움

박 상 건

1. 글은 쓸수록 는다. 일상의 탈출과 고정관념을 파괴하자

글쓰기는 습관이 중요하다. 해변의 몽돌은 365일 파도에 온몸을 헹군다. 썰물 때는 해무와 해풍에게 몸을 적신다. 씻고 씻기면서 몽돌은 윤기를 발한다. 글 역시 줄기차게 생각하면서 영혼을 씻어내는 일이다. 그랬을 때 글맛이 나고 글빛이 우러난다. 부단히 생각의 실타래를 풀어내는 습관성이 중요하다. 필자는 외출 시간을 제외하면 거의 인터넷과 생활한다. 사람들은 인터넷 이용 시간이 길어질수록 중독 증세라고 부른다. 그러나 나는 몰입이라고 생각한다. 아리스토텔레스는 삶의 주기 중 가장 기쁜 순간을 몰입이라고 불렀다. 몰입 상태에 있을 때 감성이 절정에 이른다. 아리스토텔레스는 그 절정의 순간을 행복이라고 불렀다.

인터넷 공간에서 그런 몰입의 순간을 맞는 일은 행복한 글쓰기 중 하나라고 생각한다. 그런 습관을 기르기 위해 인터넷과 친해질 필요가 있다. 이메일 주고받는 일은 일상의 의사소통 방식을 실천하고 익히는

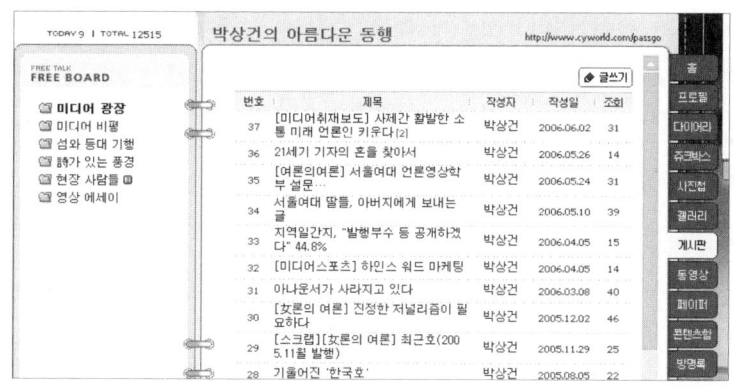

미니홈피는 글과 영상작업의 훈련장으로 그만이다   ⓒ 박상건

일이다. 타인과 마음과 마음을 주고받는다는 것처럼 인간이 살면서 절대적이고 아름다운 행위가 또 어디 있으랴. 분명 세상 살아가는 데 필요한 수단이 의사소통 방식이고 그 정점에 글쓰기가 있다. 글쓰기에 익숙해지면서 문장을 눈과 가슴에 익히는 것이다. 그러나 세상 살아가는 일에도 품위라는 게 있다. 그처럼 말과 글에도 품위가 있다. 글은 인격이요 양심의 배설행위임으로 서로 일치했을 때 신뢰하고 감동한다. 어휘와 문장 구사가 서툴면 시쳇말로 "이런, 글나부랭이", "너! 대학 나온 게 맞아?" 식으로 핀잔을 듣곤 한다. 말과 글은 그만큼 개인의 이미지로 비친다. 그래서 글을 읽으면 그 사람의 색채가 드러난다. 그것을 우리는 문체라고 부른다. 따라서 자기 표현 방식이 일관되고 분명할 때 주체적이고 개성적이며 창조적인 모습으로 다가선다. 그렇게 글과 삶은 일치할 수밖에 없다.

또한 삶도 글도 타자(다른 자아)부터 자극을 받는 경향이 강하다. 독불장군이 세상을 살기 어렵듯이 고정관념이 파괴되지 않은 글은 새로움이라는 것이 없다. 시중에 떠도는 단어나 생각을 짜깁기한 글에 감동받은 사람은 아무도 없다. 그런 유통언어를 지양하고 새로운 어휘와 문장력을 구사하기 위해서는 부지런히 읽고 새로운 소재를 발굴하는 열정이 필요하다. 그런 일상의 파괴가 창조로 가는 지름길이다. 창조하는 과정은 곧 자기 성장의 길을 앞당기는 일이다.

글쓰기에 있어 언어와 문장 구사는 그만큼 신선도가 중요하다. 삶의 맛과 멋, 감칠 맛 나는 글은 그렇게 신선도가 좌우한다. 그런데 세상천지에 처음부터 유일무이한 것은 없다는 점이다. 타인과 대화 속에서 또 하나의 나를 찾을 수 있다. 그것은 독서일 수도 있고 문화유산을 통해 선지자의 간접 체험일 수도 있다. 가능한 자기 자신이 직접 체험하는 것이 가장 좋은 것이지만, 청소년기에 많은 체험을 할 수가 없다. 이런 경우 간접 체험을 통해 생각하고 새로운 소재를 찾아야 한다. 거기에 비로소 상상력과 창의력의 옷을 입히는 것이다.

2. 펀글을 내 것으로 만드는 작업이 필요하다

네티즌 중에는 펀글에 익숙한 사람들이 많다. 펀글은 눈으로 감상하고 고개로 끄덕이는 예스맨의 행위에 불과하다. 자신 있게 '아니오' 라고 말할 수 있는 사람은 나의 무기(경험과 창조성)가 있을 때이다. 다시 말해 주체성이 확고한 경우이다. 글쓰기에도 주체적 글쓰기 방식이 필요하다. 앞서 처음부터 유일무이한 것은 없음으로 모방의 단계를 거쳐 창조로 가는데, 이를테면 펀글을 미니홈피에 올렸다고 치자. 그

'펌글'은 타산지석의 좋은 계기가 될 수 있다   ⓒ 박상건

글을 자신의 홈피에 옮겼다는 사실은 그 글에서 무언가 필(feel)을 받았다는 것을 의미한다. 따라서 펌글을 잘 이용한다면 새로운 옷을 입은 자신의 글을 쓸 수 있다. 필요한 구절을 인용해 두었다가 자신의 글로 재생산할 수 있다면 그것이야말로 좋은 글감을 찾아낸 것이다. 그런 응용 기술이 곧 문장 기술이다. 서서히 어휘력과 문장력이 늘어나면서 자기만의 글쓰기가 완성돼 가는 것이다.

창조는 모방에서 비롯된다. 그래서 시인이나 소설가, 기자를 꿈꾸는 사람들은 펜혹(펜을 자주 쥐고 글을 써서 생긴 손가락의 혹)이 생길 정도로 좋은 글을 부단히 베껴 쓰는 것이다. 어릴 적 한글을 배울 때 공책에 반복되는 쓰기 숙제를 하듯이 새내기들의 글쓰기는 그렇게 좋은 글을 골라 베껴 쓰는 것으로 시작한다. 손으로 꾹꾹 눌러 쓰면서

문장 구조를 익히고 글의 흐름을 체감하면서 리듬까지 익히는 것이다. 그런 반복 훈련을 통해 단어 차용의 눈이 뜨이고 많은 어휘력을 바탕으로 자유자재의 글쓰기 테크닉을 익히게 되는 것이다.

문제는 모방이 모방으로 끝나서는 안 된다는 점이다. 무조건 베껴쓰기만 할 경우 한문 투의 딱딱한 관념어를 나열해 자기 의견과는 무관한 방향으로 짜깁기한 글이 되고 만다. 그 때 그 글을 받아 든 선배 혹은 선생님들은 "도대체 네가 하고 싶은 말이 뭐냐?"고 반문한다. 모방 혹은 표절에서 벗어나는 일은 자꾸 새로운 소재를 찾고 상상력을 기른 습관성이다. 반복되는 훈련이다. 글쓰기의 반복과 그런 글감을 위한 체험, 체험 중에서도 여행이 최고이다. 변화 없는 일상의 탈출, 삶의 중압감으로 벗어나는 일은 딱딱한 문장으로부터 벗어나는 일기도 한다. 글과 삶은 그렇게 유기적이다. 그래서 영국 철학자 홉즈는 "한가함은 철학의 어머니"라고까지 하지 않았던가.

3. 사색하고 여행하며 체험과 상상력을 기르자

글쓰기에 몰입하는 일은 취미에 몰입하는 일이기도 하다. 자기가 좋아야 글쓰기도 되는 것이지 아무 날 아무 생각 없이 책상에 앉았다고 글쓰기가 되는 것은 아니다. 그것은 소크라테스 할아버지도 불가능한 일이다. 마음이 없으면 아무 것도 보이지 않는 법이다. 밀라노대학 연구팀이 알프스의 한 마을을 대상으로 연구한 결과에 주목할 필요가 있다. 몰입 경험은 노동에서 여가 영역으로 이동하고 있는 것으로 조사됐다. 시카고 대학 미하이 칙센트미하이 교수가 미국 청소년 870명을 대상으로 조사한 연구 결과 또한 몰입의 정도는 1위가 게임(44%), 2위가 취미(34%)로 나타났다.

우리는 '하루'라는 작은 일생을 산다. 일생은 텍스트와 같다. 하루하루 한 페이지씩 쓰는 책장과 같다. 그리고 그 한 페이지씩은 늘 새로움으로 채워간다. 그것이 일일신 우일신(日新 日日新 又日新)이 아니겠는가. 그래야 인생이란 게 즐겁고 아름다운 것이 아니런가. 늘 사색하고 길 뜬 삶에 절여져야 하는 이유가 여기 있다. 인생은 본디 나그네이다. 어디론가 길 떠나는 일을 두려워 마라. 자연과의 대화에 익숙해야 한다. '친 자연주의'야말로 각박한 이 시대를 쟁기질하는 글쓴이에게는 더없이 귀중한 덕목이다.

일찍이 파스칼은 "자연에 모든 진리가 간직되어 있다"고 갈파했다. 글을 배우거나 서편제 등 창을 배우는 사람들, 그들이 가능하다면 늘 여가를 자연에서 보내는 이유가 무엇이겠는가? 자연이 주는 무한한 상상력의 공간 때문이다. 거기서 인간의 삶을 반추하는 것이다. 자연에는 숱한 상징과 은유가 있다. 흐르는 강물을 무심히 바라보면서, 떠오르는 햇살을 바라보면서, 수평선으로 지는 노을을 보면서 우리는 마음의 평화를 얻고 삶의 뒤안길, 역사의 궤적을 뚫어보는 통찰력과 감수성을 쌓는다. 어떤 글을 쓸 것인가? 그런 물음 앞에서 소재를 고민할 때 문득, 떠오르는 이런 영상 텍스트를 착안한 것으로 이미 글쓰기의 반은 이룬 셈이다. 이처럼 체험이야말로 가장 빠른 이해와 감동을 준다. 그런 풍경을 통해 영감과 창조력을 획득한다. 그렇게 시를 짓고

인터넷은 자연과 삶을 반추하는 훌륭한 통로이자 글쓰기의 배설구이다.

음악에 담고 화폭에 담는다. 문장가로서, 기자로서 농어촌이나 이국적
풍경을 스케치할 때 그런 풍부한 감성이 기름이 되어 불꽃을 피운다.
그러니 늘 자연으로 돌아가라. 자연은 예술과 창조의 샘이다. 예술에
는 오류가 있지만 자연에는 오류가 없다고 했지 않던가.

그렇게 글쓰기는 세상을 바라보는 새로운 눈이 필요하다. 그 눈빛
은 호기심으로 가득하여야 한다. 호기심이 관찰력을 기른다. 초등학교
1학년생이 쓴 '파리'라는 동시이다.

엄마, 엄마 / 내가 파릴 잡으라 항깨 / 파리가 자꾸 빌고 있어.

파리가 나는 모습을 '빌고 있다'고 표현하고 있다. 이것을 관찰력이

라고 부른다.

다른 초등학교 1학년 학생이 백일장에서 쓴 동시이다.

> 섬은 파도처럼 멀리 가지 못해 외롭다 / 나는 그 섬과 바다의 친
> 구이고 싶다 / 바다는 횡단보도가 없어 좋다 / 나는 바다와 섬이
> 좋다.

이 글에서 주목을 끈 것은 '바다에는 횡단보도가 없다'라는 표현이
다. 참으로 위대한 관찰력이다. 서울에 사는 이 소년은 집에서 학교까
지 가는 데 횡단보도를 아홉 개나 지나쳐야 한단다. 그 횡단보도에서
교통사고를 당하기도 했단다. 그로부터 얼마 후 섬사랑시인학교 해변
백일장에 참가했는데 그 섬으로 가는 배에서 바다를 바라보는 순간,
'횡단보도가 없다'는 생각을 하기에 이른 것이다. 글쓰기에 있어 이처
럼 체험과 관찰력은 매우 중요하다.

'항거'라는 제목의 필자의 졸시이다.

> 지렁이는 밟으면 꿈틀거리는 것이 아니다 / 본디 / 꿈틀거리며 사
> 는 지렁이를 네가 밟았던 것이다.

단 세 줄에 불과한 이 시는 비 개인 어느 날 담벼락 아래 기어가는
지렁이를 보고 썼다. 이것을 '걸려드는 풍경'이라 말한다. 많은 사람들
은 '지렁이는 밟으면 꿈틀거린다'는 고정관념을 갖고 있다. 사람들은
격언이나 위대한 사상가의 명언일수록 그대로 수용해버리는 경향이
있다. 그러나 명언이 주는 감동도 있지만 세월이 흘러 모순된 명언도

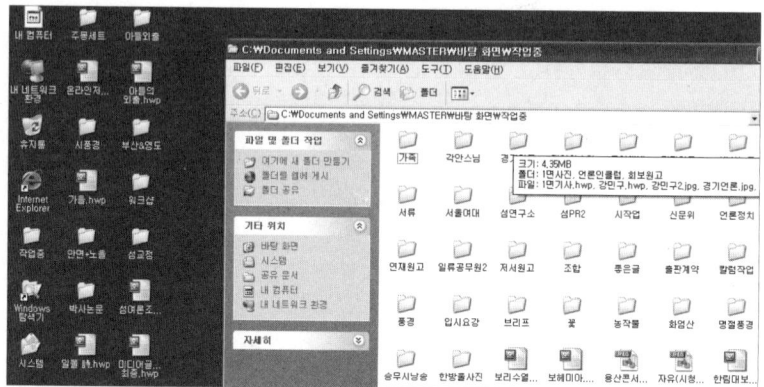

폴더 관리는 중요한 자료관리 방법이고 글쓰기의 첫걸음이다

ⓒ 박상건

많다. 시대를 거스르는 사례도 많다. 그래서 고전도 세월에 따라 윤색
되어 간다. 참신한 글은 기존의 틀, 고정관념을 파괴할 때 더욱 빛난
다. 이러한 작업을 위해 부단히 '생각하기', '비틀기', '낯설게 하기'를
반복해야 한다. 이는 독창적이고 생명력 있는 글쓰기로 가는 지름길이
다.

4. 인터넷에 아지트를 만들어라

앞에서 글쓰기는 습관이 중요하다고 했다. 그리고 글은 쓸수록 는
다고 했다. 이를 위해 자신의 스타일에 맞는 인터넷 환경을 만들 필요
가 있다. 먼저 컴퓨터를 켜면 바탕화면에 제일 먼저 마우스를 가져갈
아지트를 만들자. 글감 자료를 폴더에 모아두면 글을 쓸 때 필요한 소
재를 시나브로 꺼내 쓸 수 있다.

글은 스스로 익어야 문장이 풀려나간다. 사랑의 감정이 없는데 서로 키스를 할 수 없는 일과 같다. 이성 간에 손을 잡았는데 땀이 나지 않는다면 그게 어찌 사랑의 열병이랄 수 있겠는가?

아무리 저명한 문장가일지라도 억지로 글쓰기를 할 수는 없다. 생각이 굳으면 한 문장도 앞으로 나아가지 못한다. 신문에 연재소설을 쓰던 작가들이 어느 날 절필을 선언하며 연재를 중단하는 경우가 있다. 이는 글감이 바닥나고 글을 쓰고자 하는 원기가 사라져버린 데서 오는 불안과 우울함, 중압감에 스스로 짓눌려 자초한 경우가 많다. 결국 글쓴이의 극단적 방법인 절필을 선택한 것이다. 삶도 글도 신바람 날 때 생명력이 빛난다. 신들린 글에는 늘 힘이 있고 박진감이 넘친다. 독자를 가슴 벅차게 한다. 그래서 감정이입의 정도가 깊고 강하다.

이런 글은 몰입의 정도가 온몸에 퍼질 때 가능하다. 이런 경우를 글이 무르익었다고 표현한다. 여류작가 오정희씨는 "많이 생각하고 오래 삭히어 빚어내는 한 줄의 고요하고 단정한 문장과 깊은 울림으로 숨 쉬는 행간의 세계는 모든 글 쓰는 자, 글 읽는 자들의 꿈일 것이다"라고 강조했다. 마음이 잘 정돈되고 감성이 살아날 때 글은 얼음장 풀리듯이 한 줄기의 물빛으로 반짝이며 철철 넘쳐흐른다. 그날이 올 때까지 폴더에 꼬박꼬박 자료를 모으고 아이디어를 메모하는 습관을 갖자. 오정희씨는 "눈에 보이는 모든 곳에 생각나는 대로 적어둔 메모지를 붙여두고 매사를 문장으로 만들어 머릿속으로 되뇌는 '문장 중독증'의 면모"까지 드러냈다고 한다.

쇼펜하우어 「문장론」에도 보면 메모의 중요성을 갈파한 문장이 있다.

"영혼에 사상을 품고 살아가는 것과 가슴에 연인을 묻고 살아가는 것은 동일한 현상이다. 우리는 영혼에 새겨진 사상이 절대로 떠나지 않을 것이라고 생각한다. 그러나 사랑하는 사람에게 그 진실한 마음을 보여주고, 결혼이라는 끈으로 하나가 되지 못하면 결국 소멸하는 것처럼 위대한 사상도 종이에 써두지 않으면 언젠가 사라지고 만다."

작가이든 기자이든 글쓰기를 주로 하는 사람들은 대부분 수첩을 갖고 다닌다. 찰나의 생각, 누군가에게 들은 이야기 속의 소재, 책을 읽다가 만나는 문장 등을 바로 기록한다. 어느 컴퓨터나 바탕화면에는 '시스템', '한글2006', '휴지통' 등 기본 폴더가 있을 것이다. 그 외 자신에게 맞는 폴더 이름을 정해 만들어두는 게 좋다. 필자는 '작업 중'이라는 대분류 폴더를 만들어두었다. 최근에 진행 중인 모든 작업 내용이 들어 있다. 이때 첫 화면에 많은 폴더를 나열하지 않는 것이 좋다. 컴퓨터 속도가 느려지고 정리정돈이 되어 있지 않으면 하루의 시작도 매끄럽지 못하다. 귀중한 자료가 휴지통으로 가거나 원고마감에 쫓길 때 부산을 떨 수밖에 없다.

특히 사진 자료는 용량을 많이 잡아먹는다. 수시로 디스크 공간을 확인하여 USB에 따로 옮겨두는 것이 좋다. 원활한 컴퓨터 속도 유지를 위해서도 그렇고 바이러스 감염이나 해킹 예방차원이기도 하다. 필자는 40기가에 사진 자료를 저장해두고 2개 포털사이트에 블로그를 만들어 이중으로 저장해둔다. 이는 한 권의 시집(詩集) 분량이 손상된

개인 홈페이지는 글쓰기 훈련장이자 의사소통의 통로이다   ⓒ 박상건

파일로 날아 가버린 뼈아픈 경험을 한 바 있기 때문이다.

　'작업 중' 폴더 안에는 다시 소분류로 칼럼·이슈·습작시·여행기·섬 자료·행사·수업자료·논문 등 수십 개의 폴더를 분류해두고 있다. 새로운 자료를 접할 때마다 그 폴더 안에 있는 파일에 업데이트를 반복한다. 다시 읽고 사실 확인 과정에서 기존 자료를 삭제한다. 버릴 것은 과감히 버릴 줄도 알아야 한다. 이런 과정 후 초벌 원고는 원고 마감 등이 임박하면 바로 '복사하기', '덧붙이기'를 통해 훨씬 수월한 글쓰기 작업을 할 수 있다. 폴더 관리를 잘만 해두면 거대한 도서관 몇 개를 드나든 것보다 시간을 아낄 수 있고 풍부하고 유용한 국내외 정보를 수시로 활용할 수 있다. 사실 글쓰기에서 빼 놓을 수 없는 것이 정보 검색과 자료 정리 보관 방식이다. 정보 검색은 글을 많이 쓰는 과정에서 사이트를 발견하고 그 정보의 사실성을 검증하는 과정에서 노하우가 쌓이는 법이다. 자신의 스타일에 맞는 글쓰기는 곧 적재적소에 활용하는 정보의 질과 양의 문제로 직결된다.

필자는 고등학교 때부터 스크랩 하는 버릇이 있다. 이를 바탕으로 실증적인 글쓰기를 즐겨 왔다. 그러나 인터넷 등장으로 이 방식은 구석기 시대 유물이 되었다. 부피는 날로 늘고 집이나 연구소 대부분 공간을 라면박스가 차지했었다. 케케묵은 습기 냄새와 습기에 달라붙은 신문 쪼가리들은 애물단지가 된 것이다.

결국 폴더 관리 방식으로 바꾸었다. 홈페이지를 만들고, 블로그를 만들어 콘텐츠별로 자료를 정리해두고 비공식 자료는 비밀번호를 만들어 관리자만 이용할 수 있게 하고 공개할 글은 그때 그때 올리는 방식으로 바꾼 것이다.

홈페이지에는 '게시판'에 나를 비롯한 여러 방문자들의 자유로운 글쓰기를 가능하도록 했다. '시의 오솔길'은 시를 사랑하는 사람들이 좋은 시를 옮겨 놓기도 하고, 내가 읽은 시 혹은 연재하는 문학 자료나 좋은 글을 올려놓고 함께 감상한다. 때에 따라 영상 화면으로 꾸미고 동영상으로 꾸며두기도 한다. '생각의 바다'는 미디어, 문학, 섬, 대중문화 등 평소 관심 분야를 올려놓고 있다. 여러 사이트를 항해하며 퍼오거나 연재 중인 글을 영역별로 분류해 놓았다. 물론 퍼올 때는 제휴 사이트이거나 원작자로부터 허락받아 올린다. 분야별로 제휴 사이트

'어깨동무'도 링크해두어 서로 정보를 교류하도록 해두었다. '강의실'은 실제 사이버 수업 공간이다. 실시간 커뮤니케이션 공간으로 수강생만 입장할 수 있다.

개인 홈페이지에 하루 100여명이 즐겨 찾는다. 블로그는 현재 시·여행·섬·미디어 등 12개 카테고리 안에 300여개의 글이 실려 있는데 34만 명이 다녀간 곳이다. 자신의 사이트에 즐겨찾기로 등록한 사람만도 60명을 넘는다. 하루 줄잡아 200여 안팎의 네티즌이 다녀간다. 이런 사이트 운영을 '1인 미디어'라고 부른다. 홈페이지와 블로그에 실린 글이 여러 번 파란을 일으키고 올드 미디어들이 인용보도하거나, 기사로 재생산하는 경험도 체험했다. 인터넷 글쓰기의 영향력, 책임감, 댓글을 통한 수용자의 격려와 비판의 정도를 실감할 수 있었다. 이처럼 인터넷은 쌍방향 커뮤니케이션 메카이고 매력이며 글쓰기의 에너지원이라는 사실을 확인할 수 있다.

물론 처음부터 이런 미디어 역할을 하기 위해 만든 것은 아니었다. 글을 통해 나를 소진하고 바쁜 일상의 쉼터 공간으로 만든 것이다. 순전히 글쓰기의 즐거움과 간편함 때문이었다. 체질에 맞추기 위해 몇 차례 수정을 통해 지금의 홈페이지로 발전했다. 점차 개인 의사와는 무관하게 다중적인 소통의 공간으로 전환됐다. 그러나 싫지는 않다. 사이버 공간에서 많은 사람들과 교류하는 자체로도 이상적인 사회생활이 아닌가. 또 어떤 글을 쓰고자 할 때 '검색'에 필요한 키워드를 치면 바로바로 자료들이 떠올라 글쓰기에 있어 없어서는 안 될 공간이 되었다. 평소 관심 분야 글과 자료를 올려두었고 직접 올리면서 검증

과정을 거친 것들이기 때문에 훗날 글쓰기를 할 때 신속하게 글을 쓰고 업데이트 하는 폭도 훨씬 빠르고 풍부하다.

이처럼 인터넷은 개인의 '글 저장고' 역할뿐만 아니라 다른 매체의 기획·취재 등에 영향을 미치는 사회적 통로로 자리 잡았다. 그야말로 인터넷 대중화 시대를 구가 중인 셈이다. 정보의 즉시성과 링크를 통한 다중적 여론화는 뉴미디어 시대의 특징 중의 하나이다. 수업 시간에 인터넷 공간에서 실시간 수업하고 피드백이 가능하다는 점도 퍽 유용한 뉴미디어 수단임에 분명하다. 그래서 5년 동안 학생들과 강의안과 과제물을 이 공간에서 받고 피드백을 하는 시스템으로 애용하고 있다. 시간과 공간을 넘나드는 인터넷 시대에 인터넷 글쓰기 방식은 날로 간편해지고 그 방식도 다양해지고 있다. 그리고 그 책임감도 높아지고 있다.

인터넷 글쓰기는 정보력을 배가해야 한다. 네티즌들의 정보력 수준은 보통이 아니다. 도토리 키 재기식의 글이라면 네티즌에게 몰매 맞을 것임은 불을 보듯 뻔하다. 따라서 책임감 있는 글쓰기는 몇 번 강조해도 지나치지 않다. 정보력 배가를 위해서는 '즐겨찾기'를 늘려가는 것이 방법이다. 놀이터처럼 친구처럼 생각하며 여러 사이트를 링크해두자. 외롭고 답답할 때 찾아가 흔적을 남기고 그런 글들을 읽고 정서적 교감을 할 수 있다는 것만으로도 인터넷 시대가 주는 혜택이다. 구슬이 서 말이라도 꿰어야 보배다. 나만의 아지트를 만들자. 떠나고 싶을 때, 새로운 정보에 목마를 때 마다 언제든지 찾아가는 나만의 아지트를 만들자.

이제는 가상공간과 현실 공간이 거의 일치한다. 인터넷에서 얼마든지 가고픈 여행지, 쉼터를 찾을 수 있고 오감을 즐길 수 있다. 국내외 여행, 여행 중에서 강과 산, 바다, 오지와 맛과 멋의 해변… 문학 중에서 시와 소설, 등단 시인과 일반 문학 애호가…. 칼럼 중에서 보도된 칼럼, 네티즌이 쓴 칼럼, 내가 직접 쓴 칼럼…. 원하는 대로 즐기고 찾을 수 있는 무한한 공간이다. 글쓰기 사례들도 다양하게 널려 있다.

이왕이면 직접 사이트를 만들어 운영하는 게 좋다. 주체적인 글쓰기가 바람직하기 때문이다. 글에 필요한 영상도 직접 삽입해 파노라마처럼 아름다운 글을 연출하면서 영상미 있는 글쓰기로 감성도 기르고 자연과 교감도 해보자. 자연주의는 상상력을 기르는 데 그만이다. 운영자라면 책임감과 리더십도 생기고 이용자의 비판을 통해 자극도 받을 수 있다. 물론 글에 대한 취사선택은 언제나 자기 스스로 결정해야 할 일이다.

5. 글과 영상의 아름다운 동행을 즐기자

인터넷 글쓰기의 또 다른 매력은 길이 제한을 받지 않는다는 점이다. 그래서 자기가 원하는 일의 생생한 글과 영상의 연출이 가능하다. 종이신문은 지면이 한정되어 있고 즉각적인 피드백이 곤란하다. 방송원고 역시 프로그램 진행 시간 제약 등으로 그 한계가 있다. 또한 올드미디어는 변화 조짐이 있긴 하지만 여전히 육하원칙에 따른 사건·

섬과 등대기행 (63)

섬도 사람도 맑고 고요하고 포근한 섬, 효자도 | 섬과 등대기행

한방울   http://blog.daum.net/pass386/

[박상건의 섬과 등대이야기 55] 섬도 사람도 맑고 고요하고 포근한 섬, 효자도 어민들의 생생한 삶과 나를 뒤돌아보게 하는 섬

효자도 남쪽 끝자락 섬의 모습

블로그는 미디어 글쓰기 대명사로서, '1인 미디어'로 주목받고 있다   © 박상건

시사 중심의 단문 단정 형태의 딱딱한 글쓰기가 주류이다.

그러나 인터넷은 이들 미디어 글쓰기에 비하면 길어도 짧아도 무방하다. 무한한 공간에 자유자재의 글쓰기가 가능하다. 신문 투가 싫으면 카페에 가입해 대화하듯이, 연애편지를 쓰듯이 써도 되고 긴 문장이 어렵다면, 영상 중심 캡션으로 자기표현을 할 수 있다. 직접 쓰고 제작하니 이거야말로 1인 미디어의 총 연출자인 셈이다.

만약 글은 잘 쓰는데 사진 기술이 부족하다면 포토샵을 통해 다듬을 수 있고 자기 감성을 이미지로 재현할 수 있다. 포토샵은 하루 두 시간 정도 투자하면 누구나 배울 수 있다. 물론 부담 갖는 초보자라면 모든 콘텐츠를 다 알 필요는 없다고 말해주고 싶다. 인터넷에 올릴 글과 영상 자료 포맷은 거의 비슷하고 절차도 간단하다. 아주 쉬운 프로그램이 시중에 많이 나와 있다. 조금 모자란 글이라도 이러한 영상이 뒷받침해주면 더욱 돋보이는 글이 된다. 독자에게 주는 감동도 몇 곱을 더한다.

물론 이 페이지에서 말한 인터넷 글쓰기라 함은 조잡한 글, 제 멋대로 맞춤법, 은어와 속어, 비어, 욕설, 비방 등은 논의의 대상이 아니다. 온라인이든 오프라인이든 글은 인격의 상징이다. 글은 어떻게 쓰느냐에 따라 사람을 죽이기도 하고 살리기도 한다. 글은 늘 상대를 배려하고 사회성을 저해하지 않아야 한다. 양심에 따라 창의적으로 써야 한다.

6. 유종의 미… 문장의 마지막 손질 필수

글을 다 쓰고 나서 게재된 글을 다시 읽다가 '옥에 티'를 발견할 때만큼 부끄럽고 민망할 때가 없다. 아무리 심혈을 기울인 글일지라도 오탈자가 잦으면 미완의 것이 되고 만다. 따라서 글을 다 쓴 후에는 반드시 맞춤법, 사실 관계 확인 등을 거친 후 다시 읽어봐야 한다. 프린트를 해서 소리 내어 읽어보는 것이 가장 좋은 방법이다. 눈으로 읽으면 대충 건너 뛰기 마련이다. 컴퓨터 화면에서 읽는 것과 프린트를 해서 보는 것과는 근본적으로 다르다.

글을 읽을 때 막히면 그 글의 흐름이 불안하다는 증거다. 문장은 물 흐르듯이 흘러야 한다. 그럴 때까지 다듬고 다시 확인하기를 게을리 해서는 안 된다. 이러한 마지막 작업과정은 자기 얼굴인 문장의 부드러움을 위해서도 필요하고 원고를 청탁한 사람과 독자에 대한 예의이기도 하다.

글쟁이는 자고로 장인정신이 있어야 한다. 땀 흘리며 담금질하는 대장장이처럼 한 단어 한 문장에 심혈을 기울여야 한다. 산악인들이 온몸을 적시며 정상을 향하는 것처럼 글쓰기는 그렇게 자기를 소진하는 일이다. 영혼을 쥐어짜는 고행의 길이다.

이제, 죽는 날까지 하늘을 우러러 한 점 오탈자도 없는 부드러운 글, 맛깔스러운 글쓰기에 매진해보자. 그런 글쓰기에 미치고 환장하도록 열정을 쏟아보자.

◎ 최근 언론사 채용 트렌드

○ 〈동아일보〉

동아일보는 매년 수습기자를 선발한다. 모집분야는 취재 및 사진기자. 모집 기간은 보통 5월과 6월 중이다. 자격요건으로는 4년제 정규대학 졸업 또는 졸업 예정자, 토익 820점 이상이다. 박사학위 소지자 및 전문직 자격증 소지자(변호사, 의사, 공인회계사, 동시통역사 등)는 우대한다. 박사학위 소지자 및 전문직 자격증 소지자(변호사, 의사, 공인회계사, 동시통역사 등)는 영어 점수와 관계없이 지원이 가능하다. 1차 서류전형, 2차 필기시험(논술, 작문), 3차 실무능력평가(인턴과정), 4차 면접이다. 제출 서류는 이력서, 자기소개서, 사진 등. 채용관련 문의는 인사관리팀(2020-1710).

○ 〈세계일보〉

1차 서류전형, 2차 필기시험(교양 영어 논술), 3차 실무평가 및 면접, 제2 외국어에 능통한 자 우대, 병역을 마쳤거나 면제된 자이다.

○ 〈국민일보〉

국민일보는 매년 취재 및 편집 분야를 선발한다. 1차 서류전형, 2차 필기시험(국어 교양 논술), 3차 현장평가, 4차 면접. 토익은 820점, 병역을 마쳤거나 면제된 자여야 한다.

○ 〈서울신문〉

서울신문은 2007년부터 인터넷 분야를 보강하기 위해 인터넷 전문가를 별도로 채용하기 시작했다. 지원요건으로는 4년제 대학 졸업 및 졸업예정자, 남자는 병역필 또는 면제자, 해외여행에 결격사유가 없는 자, 특히 '동영상 취재기자 부문'은 운전면허 소지자, 촬영 및 넌리니어 편집에 능숙한 VJ이다. 외신뉴스 취재기자는 중국어 또는 일본어 가능한 자, 뉴스에디터는 포토샵및 HTML 운영 가능자이다.

전형방법은 1차 서류전형, 2차 실무면접, 3차 임원면접으로 이루어진다. 제출서류는 입사지원서(소정양식), 자기소개서(A4 1장 이내), 졸업증명서, 경력증명서, 자격증(면접시 제출). 단, 동영상 경력기자부문은 1차 면접시 본인이 제작한 동영상물 2편 이상 CD로 제출, 외신뉴스 취재기자부문 응시자는 HSK 또는 JPT 성적표를 제출해야 한다. 특히 지원서에 모집부문 및 희망연봉을 반드시 표기해야 한다. 채용 관련 문의는 경영전략실 HR운영부(2000-9522~4).

또 매년 10월경에 선발하는 인턴기자는 취재, 편집, 사진 분야로 뽑는다. 1차 시험은 서류전형, 2차 시험은 필기(작문, 논술), 3차 시험은 합숙평가(과제수행, 집단토론, 실무면접), 4차 최종면접(임원면접)이다. 서류전형에서 토익은 800점 이상, 남자의 경우 병역은 마쳤거나 면제된 자여야 한다. 경력기자는 입사지원서(소정양식), 자기소개서(A4 1장 이내, 경력 위주), 취재·보도했던 기사 사본 등을 중심으로 평가한다. 국가유공자 및 그 가족은 취업보호대상증명서를 제출하면 가산점이 주어준다. 자세한 문의는 insa@seoul.co.kr

O 〈한겨레〉

한겨레도 인터넷 분야를 보강하고 있다. 온-오프라인을 누비는 멀티플레이어 기자를 원하고 있다. 인터넷한겨레는 한겨레 온라인판으로 2006년 지면과 온라인의 통합편집국 구축을 계기로 온-오프 통합뉴스룸을 만들어 디지털통합미디어 환경에 걸맞은 새로운 언론을 지향하고 있다. 2006년에는 취재와 편집, 기획 분야에서 기자를 선발했다.

모집직종은 기자직(취재, 편집, 기획)이고, 응시 자격은 4년제 대학 졸업자 또는 동등한 능력 보유자이다. 남자는 병역을 마쳤거나 면제된 자이다. 신입인 경우 영어 또는 외국어(일본어, 중국어) 능력검정 공인성적증명서(토익, 토플, 텝스 등)를 제출해야 하고, 2004년 이후 증명서에 있어 사본 제출은 필수로 명시했고 경력자는 선택사항이다. 여기서 경력자라 함은 관련업무 종사 2년 이상인 자를 말한다. 전형 절차는 1차 서류 전형, 2차는 면접 및 직무관련 테스트, 3차는 신체검사이다. 제출서류는 이력서(희망 급여, 연락처 반드시 기재), 자기소개서(A4용지 1~2매, 경력자는 경력사항을 구체적으로 기재)이다. 기타 자세한 문의는 온라인뉴스팀(02-710-0705/cslee@news.hani.co.kr).

매년 9월에서 10월경에 모집하는 신입기자 채용의 경우는 나이 학력제한이 없다. 1차 필기시험(국어 영어 상식), 2차 시험(논문 작문), 3차 시험(현장평가, 인성 및 적성검사, 면접)으로 이루어진다. 1차 필기시험의 경우는 사지선다형이고, 3차 현장평가는 1박2일 합숙형이다. 외국어(영어 중국어 일어 아랍어)에 능통한 자는 1차 서류시험, 2차 필기시험 중 작문이 면제된다. 자세한 채용관련 문의는 710-0161~3.

O 〈경향신문〉

매년 8월경에 모집하는 신입기자 채용은 취재 및 편집, 출판 분야로 선발한다. 나이와 학력제한이 없다. 1차 필기시험(국어 교양 논술 영어), 1차 면접(심층논술 및 합숙평가), 2차 면접으로 진행된다. 1차 필기시험 때는 영어의 경우 토익이나 토플 점수표를 제출하여 대체가 가능하다. 2006년의 경우 자매지 뉴스메이커에서 취재기자와 객원기자, 전속리포터를 선발하기도 했다. 제출서류는 이력서, 자기소개서, 포트폴리오. 기타 자세한 채용문의는 경영지원실 인사팀 3701-1052.

O 〈MBC〉

MBC에서는 수시로 방송작가와 조연출 등을 모집한다. 2006년에는 7월에 예능국 조연출을 계약직으로 선발한 적이 있었는데, 경력 학력 나이는 무관하고 4년제 대학 이상의 학력소지자여야 하며 남자의 경우 군복무를 마쳤거나 면제된 자여야 한다. 채용절차는 서류전형과 면접이고 계약조건은 계약기간을 2년 5개월로 하고 연봉은 2000만원 내외였다. 연봉 外 문화비, 시간외 수당, 연차수당, 성과급, 퇴직금 등은 별도 지급한다. 국민연금, 의료보험, 고용보험, 산재보험 혜택도 있다. 업무내용은 MBC 예능프로그램 조연출(AD) 업무인데 느낌표, 일밤, 황금어장, 생방송 섹션TV 연예통신 등 연예오락 프로그램이다. 제출 서류는 지원서 1부(소정 양식), 자기소개서(소정 양식), 경력기술서(자유양식 : 본인의 조연출 경력 등 기술), 졸업증명서, 성적증명서, 경력증명서, 자격증 등이다. 이런 서류는 서류전형합격자에 한하여 면접당일에 제출하면 된다. 채용시 취업보호대상자 및 장애인은 관계법령에 의거 우대한다.

또 6월에 MBC시사프로 W에서 계약직 구성작가를 선발한 바 있다. 모집요강에 눈길을 띠는 대목은 "더 나은 세상을 만들고자 하는 열정, 운이 좀 나쁘게 태어난 사람들에 대한 겸손, 그리고 약간의 재능을 지닌 분을 찾습니다."라는 구절이었다. 그리고 "참고로 체력에 자신 있는 분, 이틀 밤을 견딜 수 있는 분 환영 합니다!!"라고 덧붙이고 있다. 채용절차는 서류전형과 면접이다. 사진, 자기소개서, 이력서(사진첨부, 지원분야/희망연봉/연락처 기재)이다. 당시 채용 담당자는 www@mbc.co.kr.

MBC는 매년 8월에 신입사원을 채용하고 있는데 2005년부터 연령 제한을 폐지하고 특별전형을 확대 시행했다. 지원자의 출신학교, 지역 등 신상정보는 전형단계에서 일체 활용하지 않는다. 입사지원서는 인터넷(www.imbc.com)을 통해 접수한다. 모집직종은 기자, 카메라기자, 편성PD, 드라마PD, 예능PD, 시사교양PD, 라디오PD, 제작카메라, 아나운서, 방송기술, 방송경영 분야 등이다. 복수의 직종에는 지원할 수 없으며, 최종 합격자는 전원 수습사원으로 임용하며, 입사 전 경력은 인정하지 않는다. 최종 합격자라도 신체검사에서 불합격하거나 MBC 사규 상 결격사유에 해당하는 경우에는 합격을 취소할 수 있다고 밝히고 있다. 취업보호대상자(보훈대상자) 및 장애인은 관계법령에 따라 우대한다.

O 〈KBS〉

2006년 5월에 시사정보팀 추적60분에서 AD를 모집한 바 있다. 1차 모집 기간 중 적합한 사람을 찾지 못해 2차 공모를 실시했다. 경력 학력 나이는 상관없고 6MM 촬영 경험자를 우대했다. 1차 서류심사, 2차 면접(1차 합격자에게 개별통보)이고 제출서류는 이력서, 사진, 자기소개서. 급여조건은 연봉 1400만원 내외. 당시 채용담당자는 이내규(추적60분)nklee@kbs.co.kr.

또 매년 신입 사원을 선발하는데, 2005년부터 신입사원 인원을 대폭 줄이고 경력직 채용비율을 높이고 있다. KBS는 경영혁신 차원에서 매년 신규 채용을 70명 이내로 줄이고 경력직 채용을 20%까지 끌어올린다는 계획이다. KBS는 매년 9월 중순경 예비사원 채용공고를 낸다. 전국 단위 기자, PD, 아나운서 분야와 지역권 기자, PD 등으로 나누고 직종별 채용이 아닌 직무별로 세분화해 채용한다.

또 이 시기에 KBS SKY 편성팀, 마케팅팀 신입 및 경력사원을 모집하기도 한다. 경력요건으로는 대졸이상, 방송편성경력 5년 이상자이다. 채용형태는 연봉계약직(정규직)이고 전형방법은 1차 서류 심사, 2차 실무 면접(서류전형 합격자에 한하여 개별통보) 및 인성적성검사, 3차 임원 면접이다. 필요시 전형방법을 추가 진행할 수도 있으며 제출서류는 이력서, 자기소개서, 경력증명서, 최종학교 성적증명서, 최종학교 졸업증명서, 주민등록등본, 건강진단서이다.

○ 〈SBS〉

SBS도 2006년부터 신입사원 모집에서 연령과 학력 제한을 폐지했고 어학 성적에 대한 제한이 없다. 2007년 입사지원에서 가장 높은 경쟁률을 보인 부문은 아나운서 직종으로 총 6,700여명이 지원해 400대 1의 경쟁률을 보였다. 성별 분포를 보면 남자 450명, 여자 1,620명으로 큰 차이를 보였다. 이밖에 신입사원 모집분야는 기자와 방송경영, PD, 아나운서 등이다. 채용절차는 서류전형과 필기시험, 1차 면접, 종합 및 실습평가, 최종면접 순으로 이뤄진다. 아나운서직은 서류전형 단계를 두지 않고, 지원자 전원 음성 실기테스트로 대체한다.

필기시험은 기자와 PD직(종합교양, 논술/작문, 실무능력평가), 아나운서직(종합교양, 국어), 방송경영직(종합교양, 논술/작문)으로 각각 치러진다. 기자와 아나운서는 면접 시 카메라 테스트를 진행한다. PD직은 3주 간 실습 평가 제도를 통해 일선 PD들이 지원자를 평가한다. 기자와 방송경영, 아나운서 직종은 2박3일 합숙면접을 시행한다.

모든 분야에서 제2외국어 능통자는 우대한다. 기상, 과학담당기자는 관련 분야 및 이공계 전공자를, 방송경영직은 공인회계사, 세무사 자격증 소지자를 우대한다. 응시원서는 SBS 채용홈페이지(http://recruit.sbs.co.kr)와 채용대행업체 커리어(http://sbs.career.co.kr)를 통해 온라인으로 접수한다. 합격자 발표는 SBS 홈페이지를 통해 이뤄진다. 한편, 방송사의 인터넷 보강 경향도 눈에 띄는 대목이다. SBSi에서는 인터넷뉴스팀 뉴스편집자 모집한다. 채용부문은 SBSi 인터넷뉴스팀 뉴스 편집자(프리랜서). 담당업무는 SBS 인터넷 뉴스 편집. 자격은 뉴스 사이트 편집 경험이 있고 HTML에 대한 지식 및 활용이 가능한 사람이다. 특히 언론사닷컴 등 유관기관 근무자를 우대하고 최소 1년 이상 근무 가능한 사람이다. 제출서류는 이력서, 경력기술서)이다. 채용문의는 suhyu2@sbs.co.kr이다. 전형절차는 1차 서류전형, 2차 실무진 면접, 3차 면접이다.

○ 〈미디어다음〉

미디어다음에서는 수시로 뉴스 편집/기획 분야를 선발한다. 해당분야는 뉴스 편집 및 기획이다. 지원 자격은 온라인 미디어에 대한 이해가 깊은 사람, 시사이슈에 밝고 인터넷 트렌드에 민감한 사람, 포탈, 인터넷매체 뉴스편집, 언론사 취재, 편집 관련 경력 3년차이다. 특히 온라인 미디어 기획 경험자를 우대하고 제주 근무가 가능한 사람을 원한다. 채용문의는 daum_recruit@hanmail.net.

○ 〈조선일보〉

조선일보는 국내 처음으로 대학생 인턴 기자제도를 도입했었다. 인턴기자들은 조선일보, 동아일보를 비롯 KBS, MBC 등 방송국 등에 현직 기자로 30여명이 진출했다고 한다. 인턴 기자로 선발되면 편집국 주요 부서에 배치돼 조선일보 기자들과 함께 현장에서 뛰며 취재실습을 받게 된다. 인턴 기자들에게는 활동비가 지급된다. 활동기간은 방학 중 6주간이다. 선발인원은 30명, 모집대상은 전국의 대학 재학생 및 휴학생으로 전공분야는 제한이 없다. 모집분야는 취재 기자, 사진 및 동영상 기자 분야이고 전형방법은 1차 서류 전형, 2차 면접이다. 채용관련 문의는 intern@chosun.com 경영기획실 724-5054.

또 매년 8~9월에 수습기자를 선발한다. 1차 서류전형, 2차 필기시험(국어 영어 작문 논술), 3차 편집국 평가, 4차 면접으로 이루어진다. 기타 자세한 채용문의는 인사부 724-5122.

○ 〈중앙일보〉

중앙일보의 대학생 인턴기자도 큰 인기를 끌고 있다. 기간은 방학 중 6주간에 활동하는데 편집국 기자들과 함께 뛰면서 지면에 나갈 기사를 취재한다. 인턴기자에게는 활동비를 지급하며 기자 채용에 응시할 경우 서류전형 면제 등 우대한다. 지원 자격은 국내외 대학생(졸업자도 가능) 및 대학원생이고, 전형 방법은 기사 1건(200자 원고지 10장 미만, 공동 작성은 안 됨), 인턴기자 활동계획서 1부, 자기소개서 1부, 재학 혹은 졸업증명서 1부이다.

매년 11월경 모집하는 신입기자 채용의 경우 1차 서류전형(자기소개서), 2차 필기시험(작문, 기사작성), 3차 면접(실무면접, 임원면접), 4차(현장평가. 1개월)로 이루어진다. 토익은 820점 이상, 남자의 경우 병역을 마쳤거나 면제된 자이다. 1차 서류전형에서는 중견기자들이 중심이 되어서 기자로서 적합한지 여부 등을 꼼꼼하게 분석한다. 2차 작문과 기사작성에서는 창의력과 문장력을, 분석력을 중점적으로 점검한다. 면접 때는 발표능력과 인성, 기자로서 적합한 사람인지 직무와 관련한 적합성을 중점적으로 체크한다. 4차에는 면접 때 체크한 사항을 바탕으로 조직과 기자라는 직무에 적합한지 여부를 중점적으로 체크한다. 1개월 취재기간 중에는 150만원의 취재비와 노트, 신분증이 지급된다. 기타 자세한 문의는 경영지원팀 751-9075.

또한 2006년 7월에는 계약직 온라인 뉴스 취재기자를 선발한 바도 있다. 선발 대상은 경력 2년 이상으로 4년제 정규대학 졸업자 또는 이에 준하는 학력 소지자이고 온라인 뉴스의 흐름과 방향에 대한 관심과 이해가 깊은 사람 그리고 남자는 병역을 마쳤거나 면제된 자이다. 선발 절차는 서류전형, 실무면접, 임원면접, 신체검사이다. 제출 서류는 이력서, 사진, 자기소개서이고 급여조건은 연봉제이고 4대보험, 연차, 각종 경조금, 퇴직금, 주5일 근무, 우수사원 표창/포상, 건강검진, 직원대출제도, 사원식당, 경조휴가제, 사내 동호회 운영 등 혜택이 있다.

○ 〈문화일보〉

문화일보는 매년 10월경 취재 및 편집기자(무료일간지 AM7 포함)를 선발한다. 1차는 서류 전형, 2차 필기시험(교양 작문 기사작성), 3차 면접(실무능력 평가 및 적성 면접) 절차로 이루어진다. 남자는 병역을 마쳤거나 면제된 자이고 국가유공자의 경우의 가산점이 주어진다. 경력

기자의 경우는 서류전형과 최근 기사 평가로 채용여부가 결정된다. 기타 자세한 채용문의는 3701-5173~4.

○ 〈오마이뉴스〉

오마이뉴스는 2006년부터 대학생 기자상 기사공모전을 선보였다. 35일간 진행된 '대학생 기자상' 예선에는 52개 대학 172명이, 총 281건의 기사를 송고했다. 예선 통과자는 인턴기회가 주어지고 상근기자 채용시 가산점이 주어진다. 또 수시로 상근 직원을 공채하는데, 2006년에는 웹사이트 기획 및 운영자를 모집했다. 자격요건은 1년 이상 경력자, 나이제한과 성별 제한은 없다. 뉴미디어 및 웹서비스에 대한 기본 이해가 있는 사람과 HTML 등 웹서비스와 관련한 기본적인 언어에 대한 이해를 가진 자이다. 고용형태는 정규직 혹은 계약직(경우에 따라 3개월 수습). 제출서류는 이력서, 자기소개서(프로젝트 및 담당 업무 중심으로 기술), 오마이뉴스/오마이블로그 사이트 분석 또는 신규 서비스 아이디어(제출 시 우대), 참여 프로젝트 산출물(기획 관련 문서) 각 1부이다. 기타 자세한 채용관련 문의는 recruit@ohmynews.com.

또 해외통신원을 모집하기도 하는데, 지원 자격은 해외에 거주 중인 기자회원이고 지원 서류는 거주 국가 및 거주사유, 거주기간, 관심분야, 직업, 연락처 등을 적은 자기소개서와 오마이뉴스에 쓴 대표기사(3편 이내)를 보내면 된다. 대우는 원고료 우대 및 인센티브 지급이다. 기타 자세한 통신원 관련 문의는 sadragon@ohmynews.com.

○ 〈프레시안〉

2007년 동영상 제작 대학생 인턴 기자를 선발한 바 있는데, 인디저널리스트(IJ), 구성작가, 촬영, 편집 부분이다. 편집의 경우 프리미어 또는 아비드 사용 가능자이다. 활동기간은 1년이고 노동부 지원을 받아 급여 70만원과 별도 활동비를 지급한다. 경력부문에서는 2007년 새로운 출판 사업에 동참할 전문 에디터를 선발한 바 있다. 응시자격은 인문사회 과학 서적 출판 에디터 경력 3년 이상의 전문 출판인, 제출서류는 이력서와 자기 소개서. 채용관련 문의는 young@pressian.com.

○ 〈아이뉴스〉

아이뉴스24는 2000년 창간한 IT종합 인터넷신문이다. 2004년에는 연예/스포츠 인터넷 신문인 '조이뉴스24'를 창간하여 차세대 종합 미디어를 지향하고 있다. 아이뉴스24, 조이뉴스24 수습기자 지원 요건으로는, IT 및 연예/스포츠 분야에 관심이 있는 자로서 취재, 작문 능력이 있는 사람이다. 전형 절차는 1차는 서류전형, 2차는 필기(국어, 상식) 및 실기시험(기사작성 테스트), 3차는 면접 및 프리젠테이션(PT) 능력 평가이다. 제출 서류는 이력서, 자기소개서, 토익(토플)성적표 제출. 기타 자세한 채용문의는 job@inews24.com.